雨のちギャル、ときどき恋。

Amenoti Gal, tokidoki Koi

落合祐輔
イラスト　バラ
キャラクター原案　蜂蜜ヒナ子

CONTENTS

第一話　雨の夜に　11

第二話　空回り　39

第三話　思い出の味　75

第四話　距離感　105

幕間　131

第五話　姉ちゃんとお義母さん　141

第六話　知らない姿、知られたくない姿　175

第七話　本当の自分　209

幕間　233

第八話　溶けだす　249

エピローグ　晴れた朝に　299

Design：モンマ蚕＋タドコロユイ（ムシカゴグラフィクス）

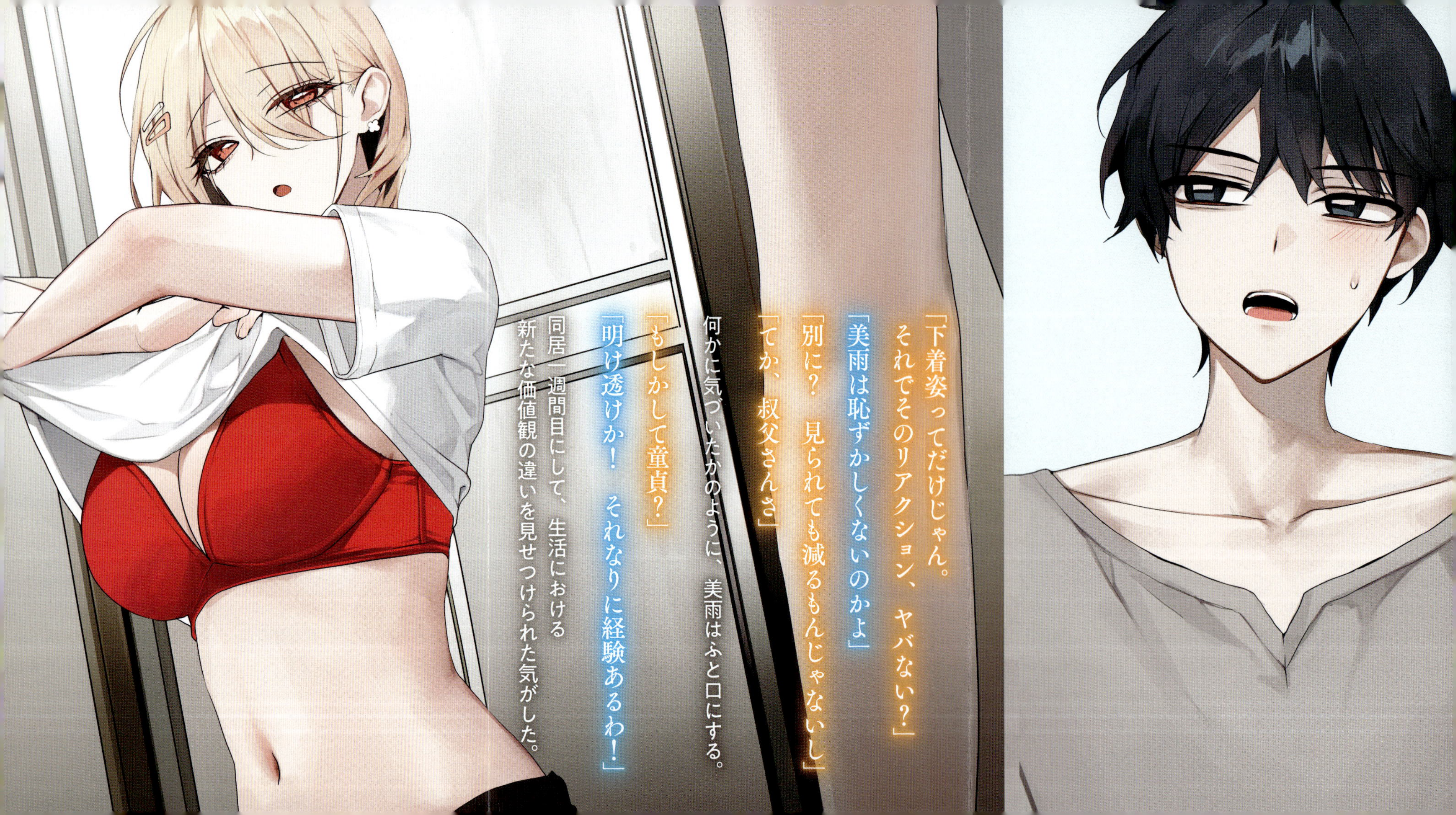
「下着姿ってだけじゃん。

それでそのリアクション、ヤバない？」

「美雨は恥ずかしくないのかよ」

「別に？　見られても減るもんじゃないし」

「てか、叔父さんさ」

何かに気づいたかのように、美雨はふと口にする。

「もしかして童貞？」

「明け透けか！　それなりに経験あるわ！」

同居一週間目にして、生活における
新たな価値観の違いを見せつけられた気がした。

雨のちギャル、
ときどき恋。
Amenoti Gal,
tokidoki Koi
落合祐輔
イラスト　バラ
キャラクター原案
蜂蜜ヒナ子

理由なんてない　ただ、生きてなきゃいけないだけ
あの日からずっと――

第一話　雨の夜に

「やっと帰ってきたし」

それが、彼女の第一声だった。

六月半ば。むせ返るような雨の匂いに包まれた、自宅の玄関前。

もう二十一時を回っているなか、屋外灯がおぼろげに、しゃがみ込んでいるその子の輪郭を縁取っていた。

金髪に黒のインナーカラーが印象的なショートボブ。屋外灯に照り返された肌は積もったばかりの淡雪のように白く、両耳には小ぶりながらも存在感を主張するピアスが躍っていた。

見るからに、ギャル。

だけどその表情は薄氷のように繊細で、いまにも壊れそうなほど儚《はかな》げだった。

なにより驚いたのは、全身がずぶ濡《ぬ》れだったこと。

薄いシャツは素肌に張り付き、体のラインを克明に浮き上がらせている。女性らしい大きな膨らみを包む下着の色形に至るまで、ハッキリと見えてしまうほどに。

そんな姿のギャルに突然声をかけられ、俺——南雲晃《なぐもあきら》はひたすら困惑して、固まってしまった。

「……え、反応薄」

ギャルの言葉は、明らかにこちらを知っているふう。

けど誰だ？　まったく心当たりがない。知り合いの誰かがイメチェンでもした……とか？

ぐるぐると思考を巡らす間の沈黙から、なにかを察したらしい。ギャルはやや小ぶりなキャリーケースを脇に置いたまま、ゆっくりと立ち上がる。

「ウチ、美雨《みう》だよ」

「みう？　……もしかして」

美雨という名には覚えがあった。というか、忘れるはずがなかった。

佐山《さやま》美雨――俺の姪《めい》にあたる人の名だ。

「久しぶりじゃんね、叔父《おじ》さん」

最後に会ったのは、彼女が中学三年の正月だっただろうか。

しかし、記憶の中にいる美雨の姿とは似ても似つかない。

明らかに容姿の違う人間から、あの美雨の声で、懐かしの叔父さん呼び。

検証データの不一致によるバグが、脳内で発生していた。

「あ……え……あえ？　美雨？　……ホントに？」

「挙動不審すぎて草。ああでも、最後に会ったときはまだ黒髪か」

美雨とおぼしきギャルは、自分の髪に触れる。濡れた毛束は、触れた瞬間に雫《しずく》を落とした。

「連絡しようとも思ったんだけど、ＬＩＮＥ知らなくて……」

「じゃあ、なんでここが？」

ショーパンのポケットから取り出したのはハガキだった。

濡《ぬ》れて少ししわくちゃになってしまっているが、見覚えはあった。毎年俺の伯母《おば》夫婦に、そして美雨《みう》に宛てて送っていた年賀状だ。その宛先のハガキをこの子が持っているってことは、正真正銘、彼女は俺の姪《めい》の佐山《さやま》美雨なんだろう。

ふと、階段を上ってくる人の足音が耳朶《じだ》を打つ。

このままここで、スーツ姿の会社員とずぶ濡れの女性が話し込んでいたら、あらぬ誤解を招くかもしれない。

それに濡れ鼠《ねずみ》状態の美雨を放ってはおけない。傘も持っていないようだし、六月とは言え、このままでは風邪をひく。

「とりあえず、家ん中入って」

慌てて鍵を開ける。そういや部屋片付けていたっけ……と脳裏をかすめるが、もはや間に合わないし気にしている場合じゃない。

ドアを開け、美雨に部屋へ入るよう促す。

どこか躊躇《ためら》ったようにこちらを見つつ、

「……お邪魔します」

控えめに漏らして、キャリーケースと一緒に玄関へ足を踏み入れた。

「タオル取ってくる。ここで待ってて」

慌てて脱衣所に向かい、ハンドタオルを数枚手に取る。

そのまま出ていこうとして、ふと思い立ち、湯船に湯を溜《た》め始める。

それらの対応を流れるようにすませ、玄関へ戻った。

改めて明るい場所で美雨を見て――やっぱり、目の前の女性が佐山美雨であることを疑ってしまう自分がいた。

俺にとって美雨といえば、幼い頃の姿が一番記憶に残っている。

あぐらをかいた俺の足の上にちょこんと座り、俺の体を背もたれ代わりに身を預け、キャッキャと楽しそうにしていた幼い美雨。

そんな彼女が中学生になって、背も伸びて成長したなと感じたことはあったが、それでもあどけなさの残る女の子でしかなかった。

そういう記憶しかないものだから、大人な女性然とした美雨の姿には強い違和感を覚える。

濡れて艶を増した髪は顔に張り付き、気怠《けだる》げな表情とも相まって扇情的な雰囲気を醸し出している。頬を伝った雫《しずく》が細い首筋を通って落ちていったのは、大きく開いた胸元の谷間。

その一連の光景は、どうしたって『女』を強く感じさせてくる。

中学生の頃の美雨が、こんなふうに成長しようとは……。夢にも思わなかったな。

……って、なにを考えているんだ、俺は。姪っ子相手に。気色悪い。

水を吸ったシャツを気にしている様子の美雨に、タオルを渡す。

「拭き取れるだけ拭き取って。いま風呂も溜めてるから、そのまま入っちゃいな」

「……タオルだけでだいじょぶ。ごめん」

「大丈夫じゃないだろ、そんなずぶ濡《ぬ》れで。風邪引くし。第一、着替えは？」

「持ってきてる。脱衣所だけ貸してくれれば平気だから」

遠慮されると、むしろこっちが困るんだよな……。

こんな状況で放っておくわけにもいかないし。

「いいから、風呂にはちゃんと入る。いま自分がどれだけ汚れてるか、自覚あるだろ？」

すると美雨《みう》は、予想だにしなかった一言を返してきた。

「……使ってもいーの？　ホントに？」

彼女の口ぶりから覚えた妙な違和感。

けど、その正体を深く考える余裕なんて、いまはなくて。

「当たり前だろ？　家主の俺がいいって言ってるんだから」

「……わかった。ごめん」

控えめな声で返事をする美雨。

場所を教えると、着替えなども入っているんだろうキャリーケースと一緒に、美雨は脱衣所へ入っていった。

その様子を見送り、リビングに入ってようやく、俺は一息つくことができた。

同時に、いろいろな疑問がブワッと脳内メモリを占有する。

なぜ美雨がこんなところにいる？　しかもほぼ着の身着のまま、ずぶ濡れで。

それに、すっかり金髪ギャルにもなっていたし……。最後に会ってからの数年で、彼女の身になにがあった？

触れればたちまち砕け散ってしまいそうなほど、佇《たたず》まいだってもろく儚《はかな》げ。

彼女はもともと、辛《つら》い過去を背負っている。でも明らかに、それ以上の『なにか』を経験してきたようにも感じる。

訊《き》きたいことは、山のようにある。

……が。

「まずは、落ち着こう」

自分に言い聞かせるように漏らしたあと、俺は散らかったままのリビングを片付け始めた。


美雨は俺の姪《めい》にあたる。

けど血は繋《つな》がっていない。俺の姉・陽織《ひおり》の結婚相手の連れ子が、美雨だった。

美雨が小さかった頃――俺がまだ小中学生だった頃は、お互いの家が同じ市内だったこともあり、しょっちゅう遊んでいたし懐いてくれてもいた。

ただ、あるときを境に会う頻度は減り、年に一回顔を合わせる程度がせいぜいになった。

そのあとは俺も大学に進学したり就職したりで、ライフスタイルが激変。

最後に会ってから、気づけばもう五年ほどが経ってしまっていた。

その空白の期間で、彼女の身になにがあったのか。俺は知るよしもない。訊《き》くべきかもわからない。

ゴリゴリのギャルになってる明らかに訳あり然な姪《めい》っ子に、どう接してあげればいいのか戸惑っているのが正直なところ。

とりあえずは、様子を見るしかないんだろうけど……。

気持ちを落ち着かせるように、キッチンで水を一杯あおる。

リビングのドアが開いて美雨《みう》が入ってきたのは、その直後だった。

「温まった？」

「うん。……ごめん、使わせてもらっちゃって」

風呂上がりの美雨は、さっきまでとは別のTシャツ姿だった。

かなり着古して部屋着に回したのか、襟元はヨレヨレ。元々がオーバーサイズだったんだろう、結果的に胸元や太ももがかなり際どいラインまで露出している、丈の短いワンピースみたいになっていた。

そのまま視線を下げていけば、スッと伸びている素足が緩やかな曲線を描き、つま先ではペディキュアがしっかり主張をしている。

これが行きずりの女性や恋人ともなれば、理性を保つのも精いっぱいと言えるような立ち振る舞い。だが相手は姪だ、そんな邪《よこしま》な思いはさすがに抱かない。

けど、無防備であることは間違いない。美雨は一切気にしていない様子だが……。

タオルで髪を拭く美雨は、どこか伏し目がちで表情が読めなかった。

それどころか、表情という概念ごと、どこかへ捨ててきてしまったようにすら感じる。

小さかった頃はもっとやんちゃで、よく笑う子だったたんだけどな。

「飯は？　簡単なスープでよければパパッと作れるけど」

「ううん、だいじょぶ。お腹《なか》減って――」

たちまち、くぅ……と音が響く。

「減ってるんだな、わかった。俺も食べたいし。待ってて」

「……うん。ごめん」

――まただ。

本来なら「ありがとう」でいいところなのに。

なんでこの子は「ごめん」ばかりなんだ。

「そんな気を使わないでよ」

「え？」

「別に俺、やらされてるとも思ってないし、やらなきゃいけないって義務感でもない。してあげたいだけ。それを毎度『ごめん』で返されてもさ……」

「あ……」

「こういうときは、『ありがとう』でいいんだよ」

それでも美雨《みう》は、どこか戸惑っているように見えた。

なぜ俺が、こんなことを言ったのか。彼女なりに咀嚼《そしやく》しているのかもしれない。

「……わかった。ごめんなさ――」

しかし美雨は、ハッとなって飲み込む。

「……あり……がと」

「それでよし」

まだぎこちなさは感じる。素直に感謝を口にする行為への不慣れさがある。

でも、いまはそれでいいと思った。俺が笑顔でうなずくと、どこかホッとしたようにも見えたし。ゆっくり慣れていけば問題ないだろう。

それはそれとして。食べるというのであれば、さっそくスープ作りだ。

冷蔵庫から余り物の野菜を取り出す。キャベツとタマネギ、にんじん、以前会社の後輩からお土産《みやげ》でもらったソーセージの余り。

コンソメスープならジャガイモもほしいところだが、冷蔵庫にはなかったし、あったとしても火が通るのに時間がかかるから、今回は除外。

キャベツとタマネギは適当なサイズに、にんじんはやや小さく細かめに切って、それぞれ鍋に。水と固形のコンソメを入れたら火にかける。

沸騰するまでの間に、ソーセージも一口サイズにカットしておく。

あとは鍋が煮えてきたらソーセージを入れて、さらに数分煮込んだらできあがり。手抜き中の手抜き料理だが、ないよりはマシだろう。

……と、不意に視線を感じて振り返る。美雨がジッと、こっちを見ていた。

「どうした？　座って待ってなよ」

視線でリビングのソファーを促すが、彼女は俺を見つめたまま。

「手際、めっちゃいいんだね」

「え？」

「料理。叔父《おじ》さん、できたんだ。ちょっとビックリ」

「そりゃ、一人暮らし長いから。すごい適当だけどな。美雨はしないのか、料理？」

「家庭科の授業で火事起こしそうになってから、ちょいトラウマ」

「むしろなにをしたらそうなる……」

油を熱しすぎて発火でもしたのか？

「じゃあ、してみたいとは思わないんだ？」

「興味はある、的な。一人暮らししたいし、覚えときたい」

「俺でよければ、教えてあげるよ」

けど美雨《みう》は返答に困っているようだった。また変な遠慮が働いているんだろうか？

「まぁ、気が向いたらでいいから。いつでも言って。ていうかいい加減、突っ立っててもしょうがないだろ？　ほら」

「ごめ……ありがと……」

ソファーへ促すと、美雨は遠慮がちに頷《うなず》いてその場を離れた。

しばらくして鍋が煮えてきたので、ソーセージを投入。ソーセージからじんわりと脂が滲《にじ》み、コンソメの匂いに混じって芳《こう》ばしい香りが立ち始める。

味見をすると、脂の甘みと野菜のうま味がいい具合に調和していた。鼻を抜けるコンソメの香りも優しい。塩味は十分。ただもうちょっとアクセントがほしく黒胡椒《こしょう》を振りかける。

一煮立ちさせてできあがったスープを、適当なお椀《わん》に入れる。

普段は味噌汁《みそしる》に使ってるものだ。料理はするけど食器にはまったくこだわってなかったのが丸わかりで、ちょっと恥ずかしい。

こんなことなら、洋風スープ向けの皿も用意しとくんだった。

などと考えながらリビングに運ぶ。美雨は勧めたとおり、ソファーに座っていた。

……が、なぜか隅っこのほうで、ちょこんと縮こまっている。

「なにしてんだ？　ずいぶん窮屈そうだけど」

ソファーは二人がけの平均的なサイズ。もっとゆったり座れる設計のはずだが。

しかもテレビもつけず、スマホをいじるわけでもなく、ジッとしている。

美雨《みう》はしばらく思案げに部屋の中へ目をはわせる。

やがて、体育座りのように折り曲げていた膝に、ポテッと顎を乗せた。

「……落ち着くから？」

「なんで疑問形？」

まぁ、くつろぎ方は人それぞれか。

美雨はペディキュアを気にしているように、足の指を触る。ボーッとした無感情な目で爪を撫《な》でる様子は、手持ち無沙汰《ぶさた》な雰囲気を強く植え付けてくる。

そこでようやく、彼女はくつろいでいるわけじゃない……と察した。

よっぽどの遠慮しいなんだろう。

俺と美雨の間柄なんだから気にしなくていいのに……と思ったが、改める。

美雨にとって五年という月日は、俺たちの間に隔たりを作るのに、十分すぎる時間だったのかもしれない。

ソファーの前のローテーブルにお椀《わん》を置くと、俺もソファーに座った。

「どうぞ」

と言いつつ、まずは俺から口をつける。

そうしないとこの子は、きっと、自分から先に食べ始めないだろう。

「ん……いただきます」

こちらの様子を一瞬窺《うかが》いつつ、美雨はお椀を持ち上げスープに口をつける。

薄桃色の上唇がスープに触れると、一瞬、熱さに驚いたように震えた。

ゆっくりと口の中へ流し込み、味わうように飲み込む。

「……うまっ……」

小さく息を漏らした美雨。

心なしか、さっきまでよりもはっきりと、目が開いている。

どうやら口に合ったようだ。

「よかった。足りなければ、まだお代わりあるから」

「ん……」

控えめにうなずいた美雨は、そのあともちびちびとだが、じっくり味わうように具材を食べ続ける。

咀嚼《そしゃく》し飲み込んでは、ほぅ……と息をつき、次を口へ含んでいく。

その様子はまるで小動物のようで、もっとお世話をしてあげたくなる庇護《ひご》欲をムズムズとさせた。家に迎えたばかりの猫ってこんな感じなんだろうか。

でも彼女の様子から、多少はリラックスしてくれたのだろう。

だとしたら……タイミング的にはそろそろか。

「それで？　どうしたんだ？」

スープを食べる美雨《みう》の手が不意に止まる。

「こんな雨ん中、年賀状引っ張り出してまでうちにきた理由。そろそろ、話せる？」

躊躇《ためら》うような時間がややあってから、美雨は口を開く。

「……伯母《おば》さんと、ちょっとね」

「ケンカか？」

「それはないよ。ケンカになるほど干渉しないし。向こうもウチもさ」

そう話す美雨の口ぶりは、どこか自嘲気味で、少しとげとげしくもあった。

「昨日、なんの日だったか覚えてる？」

「……覚えてるよ」

忘れるわけがない。


「――姉ちゃんの命日だ」


美雨は「うん、そう」とうなずく。淡々と。

あれは、交通事故だった。

姉ちゃんと美雨が、旦那さんの運転する車で出かけている途中の出来事。信号無視の車に真横から突っ込まれた。

追突箇所が運転席側だったそうで、旦那さんは即死。

姉ちゃんは、救助されたときは美雨を庇《かば》うような格好で、意識不明の状態だった。けど搬送されてまもなく、死亡が確認された。

美雨だけが比較的軽傷ですんだのは奇跡だったと言われた。もし姉ちゃんが庇っていなければ危なかったかもしれない、と。

ただそれは、美雨には伝えていない。知れば絶対に思い詰めてしまうから。

「もう十年経つんだね」

あの事故を機に、俺たち親族の、そして美雨の人生は一変した。精神的にも、肉体的にも、環境的にも。

俺の両親と美雨は、特にそれが顕著だった。

「そのことで、伯母さんからちょっと言われてさ。小言……ってゆーには、結構しんどいやつ。そんで、なんてゆーか……逃げてきたって感じ？」

なにを言われたのか訊《き》こうと思い——すぐにやめる。

いま美雨から訊くべきじゃない。昨日の今日で気持ちに整理ができているとも思えないし。

なにより、なんとなくだが、こういうことが起きる予感もしてはいた。

旦那さん――美雨《みう》の実父と姉ちゃんが亡くなったあと、美雨の処遇が問題になった。旦那さん方の親戚は、諸般の事情でどうしても頼ることができなかったからだ。

そういう状態である以上、本来なら俺んちが……俺の両親が引き取れば、丸く収まっていたんだと思う。

けど、姉ちゃんのことで憔悴しきって精神的にも不安定だったふたりに、そんな余裕があったとは思えない。

かと言って、当時高校生だった俺も、両親のケアと学業の両立で一杯一杯で気にかけてあげられなかった。

結局、美雨は俺の親戚筋が引き取る方向で話は進んだのだが――待っていたのは、たらい回しだった。

美雨は南雲《なぐも》家と血の繋《つな》がりがない。戸籍上は親戚かもしれないが、赤の他人と言われればそれまで。

施設に入れるのも可哀想《かわいそう》だからと最初は引き取っても、結局、なんらかの事情で別の親戚に預けられてしまう。

最終的な居場所として、俺の伯母《おば》夫婦の家に落ち着きはしたものの。そうした事情もあって、関係が良好でないことは容易に見てとれた。

いまになって思えば、最後に美雨と会った五年前の時点でその兆候はあった気がする。明るく活発で笑顔の絶えなかった美雨は、すっかり笑わなくなっていたし。

　事故のことや、思春期特有の変化が理由かなと思ってはいたが……生活環境の問題だったのかもしれないな。

「ま、別にいーんだけどさ。伯母《あの》さん《人》だって清々《せいせい》してるでしょ」

「……え？」

「あそこには最初から、ウチの居場所なんてなかったし……」

　冷たい声音だった。

　先ほどは愛《いと》おしい小動物のように感じた雰囲気も、いまこの瞬間は、失望と諦念に染まった捨て猫のように冷め切っている。

　そんな美雨の態度が、ふたりの冷え切った関係を物語っていた。

「でも、どうすんだこれから。大学だってあるんだろ？」

　彼女が大学に進学したことは、年賀状などのやりとりでなんとなく聞いてはいた。

　具体的にどこの大学かまでは知らないけど、都内であることは間違いなく、ここからもそう遠くはない場所のはず。

　そんなことを考えながら、何気なく訊《き》いただけだった――のに。

「ネカフェに泊まる」

「はぁ!?」

思いもよらない答えに、素で驚いてしまった。

「バイトもしてるし、お金貯《た》めて一人暮らし始める。それまではしょうがないってゆーか？野宿も考えたけど」

「いやいやいや、ちょっと待てって」

「まぁネカフェもキツくなったら、適当に男の人に声かけ――」

「だから！　待てって！」

思わず声を荒らげてしまった。

この子はいま、なにを言いかけた？

いや、皆まで言わなくったってわかる。

「それだけは看過できないぞ。それだけは、絶対に……！」

けど、俺を見つめる美雨《みう》の目はなにひとつ濁っていない。むしろ、透明度の高い氷のよう。純然たる本心で、それを口にしようとしていた。

「まさかこれまでも、そういうことしてないよな」

「そーゆーことって？」

「その……援交、というか、パパ活的な」

「……もしあったら？　どーすんの？」

嘘《うそ》だろ？

頭の中がどんどん、真っ白になっていく。

「……ごめん、さすがに冗談」

「……え？」

「ないよ。彼氏的な人はいたことあるけど。パパ活はない」

そっか……。全身が弛緩していく。

彼氏的な、という言い方は引っかかるけど……よかった。

「でも、神待ちも普通に選択肢っしょ」

「仮に選択肢だったとしても、絶対選んじゃダメだろ……」

シレッと口にする美雨に、俺は絶望こそしなかったが頭は抱えた。

親戚の子の倫理観や貞操観念がバグっているのを目の当たりにするのは、こんなにもショックなことだったのか……。

けどとりあえず、最悪の選択は避けられたと思う。振り出しと言えばそれまでなんだけど。

あとは、この危なっかしい姪《めい》っ子の扱いをどうするか……だが。

情報を整理するだけでいっぱいいっぱいになってて、選択肢が思いつかない。

そんななか、美雨は食べ終えたお椀《わん》を持って立ち上がる。

「ごちそうさま。シンク、借りるね」

まあ、すぐには見当つかなくても、明日までに考えれば大丈夫か。

今日はうちでゆっくり休んでもらおう――、

「それじゃウチ、そろそろ行くわ」

「……はい？」

驚いて顔を上げる。美雨《みう》は、洗い終えた食器を水切り台に載せたところだった。

「行く？　どこに？」

「だから、ネカフェ」

いやいやいや……ちょっと待ってくれ。

美雨の思考に、俺の予測が全然追いついていない。

「着てた服は濡《ぬ》れちゃったけど、替えは無事だったし。水気だけ取ったら、もう行く」

「いくらなんでも急すぎるだろ。だいたい、泊まる気がなかったんなら、なんで俺んとこに」

最初からネカフェに泊まるつもりなら、わざわざここに顔を出す理由なんてないだろう。

もちろん来てくれたのはうれしいが、いかんせん彼女の行動理由が読み取れなくて、不可解にしか感じない。

幾ばくかの沈黙のあと、美雨は躊躇《ためら》いがちに俺を見た。

「……見ときたかった、から」

「え？」

「顔、見ときたかったから。久しぶりに」

……なんだよ、それ。

まるでもう、一生関わることはありません、みたいな言い方……。得も言われぬ怒りがふつふつとこみ上げてきた。

けど、その原因は他でもない――俺にある。

美雨にそんなことを言わせてしまった。言わせてしまうぐらいの隔たりを作ってしまった。

叔父《おじ》だとか昔は可愛《かわい》がっていたとか身内ぶっておきながら、この数年なにもしてあげずにきた自分の不甲斐《ふがい》なさが、俺は悔しいんだ。

「会えてよかった。……じゃ」

洗面所へ向かおうとする美雨。

ここで引き留めなかったら、俺はこれまでと同じだ。なにも変わらない。

なにより、美雨との関係が完全になくなる。絶対に死ぬまで後悔する。

そんな直感が俺を立ち上がらせ、美雨の腕をつかんで引き留めさせていた。

「いたっ」

思いのほか力が入ってしまっていたようだ。美雨はジトリと俺を睨《にら》む。

「……なに？」

「ここに住んでいい。というか、住め」

「え。謎に命令形……」

「命令したくもなるだろ。このまま放っておけるか」

「……なんか、怒ってる？」

「ああ。いますげぇ腹が立ってる」

このまま美雨《みう》をほったらかしたら、なおさら自分が許せなくて腹を立てるだろう。

けど不思議なもので、感情を言葉にすると自然と冷静になれた。

「命令が嫌なら、言い方を変える。頼むからうちに住んでくれ」

「………」

美雨は少しだけ、驚いたように目を見張る。

「今後一人暮らしをしたいなら、それは止めない。でもそのための金が貯《た》まるまでは、俺んちにいてくれ」

逡巡《しゅんじゅん》しているような時間が、数秒あってから、

「いくら？　家賃っていうか、宿泊費」

「そんなのいるか、バカッ」

しまった、思わず汚い言葉が出てしまった。

美雨も「うっ……」って警戒している。言葉を間違えた。

「ごめん……けど、そういう金銭は無視していいから。姪《めい》から金取るバカがどこにいんだよ」

……またバカって言ってしまった。

けどこれは美雨に対してじゃないからセーフとしてほしい。大学にだって通える範囲だろ？

「ここを生活の拠点にしていい。自由に使って構わないから。
余計な出費もなくてすむ」

なにより、俺が安心できる。

いまの美雨の価値観や倫理観では、どんな暴挙に出るかわかったもんじゃない。

これ以上、事が悪い方向へ転がることだけは、あってはならない。絶対に。

その防波堤になれるなら、無償で泊まらせるぐらいどうってことはない。

「……いーの？」

幾ばくかの沈黙のあと、ようやく美雨は口を開いた。

「泊まってもいーの？」

「当たり前だ、親戚の家なんだから」

掴《つか》んでいた美雨の腕から、ゆっくりと抵抗感が抜けていく。

強《こわ》ばっていたものが、ようやく払い落とされたかのように。

俺も安心して、そっと手を離した。

ただ一方で。解放された所在なげな腕を、美雨はもう一方の手で抱き寄せる。

大事なものを守ろうとしているようなその仕草もまた、遠慮の表れなんだろう。

「これからのことは、また明日話し合うとして。今日はもう休もう。な？」

美雨《みう》はコクッとうなずく。躊躇《ためら》いがちに、小さく。

「……ありがと、叔父《おじ》さん」

その様子に、その言葉に、俺は心の底から安堵《あんど》した。

脳の隅っこをジリジリと焼いていた焦りは、すっかり鎮まっていた。

目の前にいる美雨からも、さっきまで感じていた危うさが消えたように思う。

具体的になにがどう変わったわけでもない。強いて言うなら、体が玄関のほうではなく、家の中にちゃんと向いているってだけ。

でも、それで十分だ。いまは、まだ。

あとは美雨が、この家を落ち着ける場所と認識してくれるようになるか。

こればっかりは、一朝一夕《いっちょういっせき》とはいかないだろうし――、

「じゃあ、ソファー借りるね」

「いや、寝室のベッド使っていいからっ」

遠慮癖の軟化も含め、ゆっくり見守るしかなさそうだ。


――こうして。

ギャルになった姪《めい》と、おじさんになった俺との、共同生活が始まった。

●とある裏アカのつぶやき

――サヤ　@sayaya_lonely13　6時間前
もう無理。マジ無理すぎ。出てく決心ついた。さよならだって言ってやんない。

――サヤ　@sayaya_lonely13　5時間前
泊めてくれる人DMください。
なんちって。

――サヤ　@sayaya_lonely13　4時間前
通知とまんなくてウケる。どーしよ。
てかふつーに怖い。

――サヤ　@sayaya_lonely13　4時間前
ホ別2でどう?って聞かれたんだけどどーゆー意味?

――サヤ　@sayaya_lonely13　2時間前
会いたかった人不在。てか今日金曜か。仕事だよね。待ってたらワンチャン会えるかな。会いたいな。

――サヤ　@sayaya_lonely13　15分前
なんか流れで泊めてくれることになった。顔見るだけでよかったのに。逆に申し訳なさすぎる。家賃タダでいーってさ。お風呂も使わせてくれたし。ありがと。

――サヤ　@sayaya_lonely13　13分前
って、もっとたくさんすなおに言えたらな。緊張して言えなかった。

第二話　空回り

小さかった頃の美雨《みう》は、活発で甘えん坊だった。

一歳のときに両親が離婚し男手ひとつで育てられてきたことや、父親以外にも甘えられる対象を欲していたことが、起因していたのかもしれない。

姉ちゃんが美雨のお父さんと結婚し、俺たちとも交流するようになって、なおさらその傾向は強く出ていたんだと思う。

ふと思い出すのは、両親と姉、美雨も含めた数人で買い物をしていたときのことだ。

「おにちゃん、おにちゃん！」

まだ『叔父《おじ》さん』という概念をわかっていなかっただろう美雨は、俺をそう呼んでいた。

周囲からは『叔父さん』と紹介されていても、美雨目線ではお兄さんぐらいの人。

だから「おにちゃん」。

弟として十年生きてきた俺にとって、それは新鮮で、こそばゆくて。

ただただ、うれしい呼び名だった。

「みてこれ！　かあいい！」

「ほんとだね～。かわいいボールペンだ」

様々なグッズの並ぶ文房具店の一角。美雨は嬉々《きき》として商品を摑《つか》んだ。

美雨の小さな手でギュッと握られていたそのペンは、国民的アニメのキャラクターグッズだった。ピンクを基調に、日本人なら誰もが知っているキャラクターたちが笑みを浮かべているデザインだったっけ。

　そのペンを、美雨は俺の掌《てのひら》にポンと置いたんだ。美雨が持つと大きく感じていたそれが、当時小学校高学年だった俺の手の上だと、もう小さく感じたのを覚えている。

「叔父さんにくれるの？」

　美雨は「ううん」と首を横に振った。

「かって！」

「あはは……そういうことか」

　ベリベリッと財布の面ファスナーを剝がして、中の小銭が十分あることを確認した俺は、せっかくだから買ってあげることにした。小学生のくせに可愛《かわい》い姪《めい》っ子に甘いヤツだったなと、いまさらながら思う。

「買ってあげるから、絶対大事にしなよ？　なくしちゃったら叔父さん泣くかも」

「うん！　なくさない！　ぜったい！」

　そのままレジに持っていき、会計をすませている間も、美雨は早く手に取りたそうにソワソワしていた。レジのお姉さんもその様子を微笑《ほほえ》ましく見ていたっけ。

　普通は紙袋に包むところを、断って直接美雨にペンを渡した。

　受け取ったときに見せた星をちりばめたような瞳は、未《いま》だに強く覚えている。

「ありがと、おにちゃん♪」

そういって満面の笑みを浮かべる美雨《みう》は、いつだって、ついつい甘やかしてしまいたくなる愛嬌《あいきょう》に溢《あふ》れていた。

それは、初めて出会ってから何年経っても変わらなかった。

『おにちゃん』がいつしかちゃんと『叔父《おじ》さん』に変わっても、ワガママとやんちゃと甘え癖はそのままに、ちょっと親密な兄妹のような関係を築いていくに至り。

俺にとっては、血の繋《つな》がりなんて関係なくかわいい姪《めい》っ子だった。


——だからこそ。

姉ちゃんと旦那さんの葬儀は、見ていられなかった。

無邪気だった美雨の瞳は光を失い、どこまでも深い虚無を映し出していた。

人はこんなにも一瞬で色を失ってしまうのかと、言い得ぬショックを受けた。

葬儀の当時、高二のガキだった俺は、なんて声をかけるべきかもわからず。

結局、なにもしてあげられないまま——。

＊＊＊

ぶおーというかすかな物音が、微睡《まどろ》みの意識を突き破ってくる。

なんの音だろうとゆっくり思考を動かす。たぶん、リビングの空気清浄機だろう。

そこでようやく、ハッキリと目が覚める。自分がリビングのソファーで眠っていたことを、体の痛みが教えてくれた。

昨日は美雨がうちにやってきて、ベッドを使うよう勧めたんだっけ。代わりに俺は、ソファーにブランケット一枚。

どうりで、普段は聞こえてこない音で目が覚めたわけだ。

ローテーブルの上で充電していたスマホを手に取る。七時半。土曜日の朝。

アラームはかけていないのに、正確で勤勉な体内時計に腹が立つ。

美雨はまだ寝ているだろうか。大学生だしな。

伯母《おば》さんとこから通うってことを考えても、普段はもう少し寝ていられる時間だろうし。

……いや、待てよ。

まさか、俺が寝てる間にいなくなってたりしないよな。昨日の美雨の様子だと、あり得ないことじゃない。

リビングを出て、玄関に続く廊下へ。その途中にある、もともと俺が使っていた寝室を覗《のぞ》こうとして——やめる。

美雨がいるなら、さすがにいまは美雨のプライベート空間だ。勝手に覗くのはいいこととは言えない。

代わりに玄関へ向かい、靴の有無を確認する。

よかった。ややサイズの小さいスニーカーが、壁側に立てかけてあった。履いた形跡もない。

昨日の夜、水気を取って乾かそうと新聞紙を詰めておいたままだった。

美雨《みう》がまだこの家に居るのなら、じき起きてくるだろう。

リビングに戻ると、ローテーブルに置きっぱなしのスマホを手に取り、メッセージアプリを立ち上げる。

朝も早いうちに、未読のメッセージが届いていた。送り主は——伯母《おば》。

実は昨日の夜、美雨のことは伯母にメッセージを入れていた。行方《ゆくえ》不明者届を出されると大事になりかねないし。

どんな返事が来ているのか、開くのに少し勇気が必要だった。

なんだかんだで心配していてほしいという気持ちはありつつ。たった一言、無関心な言葉で終えられてたらどうしよう……。

伯母の、美雨に対する偽らざる感情を全力でぶつけられてしまう気がして、怖かった。

意を決してメッセージを開く。

『晃《あきら》んとこいるならそっちに任せる』

届いていたのは、それだけだった。

本人にどんな意図があって送ったメッセージなのかまでは、もちろんわからない。

けど少なくとも、そこに愛は感じなかった。

『心配とかしてないの？』

返事を送る。

しばらくして既読が付き、メッセージが戻ってきた。

『もう二十歳《はたち》よ？　自立したいなら勝手にしたらいいじゃない。こっちはじゅうぶん面倒見たんだから』

そんなもんなのか、が正直な気持ちだった。

血の繋《つな》がってない子どもを預かるっていうのは、どこまでいっても他人行儀でしかないんだな、と。

怒りはない。怒るほど俺は、これまで美雨になにかをしてあげられたわけじゃないし。

だから、この気持ちを適切な言葉に置き換えるなら……。

ただただ『寂しい』なんだと思った。

「……やめやめ。朝から気が重くなる」

ひと思いにスマホをスリープモードにしてソファーへ放る。

伯母の対応は、当然、事実として受け止める必要はある。けどこんな休日の朝っぱらからじゃなくてもいい。

気分を変えようと、俺はキッチンに向かった。

「そういえば……美雨《みう》、朝なに食べるのかな」

俺自身は普段、朝食は適当にすましてばかりだ。

自炊はするほうだという自負はあるけど、さすがに朝食向きの材料が残っているかどうか。

昨日のスープにも使っちゃったしな。

……いやでも、そのスープの残りがあるか。

とりあえずの主食として、食パンとマーガリンはある。

冷蔵庫を開ければ卵も。オムレツか目玉焼き用だな。

と、おおよその朝食のイメージがついたところで。

自然と美雨の朝食をどうしようかって考えていた自分に少し驚き、笑ってしまった。


美雨がリビングにやってきたのは、それから四十分ほど経ったあとだった。

「おはよう、美雨」

「……あよ……」

寝起きの美雨は、本当に起きているのか疑わしいほどのテンションだった。

眠たげな目を擦りながら、リビングにぺたんと座り込むと、そのままローテーブルに突っ伏してしまう。

本当に幼かった頃を除いて、寝起きの美雨《みう》を見るのはこれが初めて。

こんなにも朝が弱かったのか。

「朝ご飯どうする？」

「……………」

美雨からの返事はない。無視している……てことはないと思うが、まさか？

「みーうっ」

「ぁうっ」

変な声を上げてビクンと跳ねる。

「……寝てた……」

「ウソだろ」

その速度で二度寝？　思わず笑いそうになるのを堪《こら》える。

「朝ご飯どうする？　食べるなら用意するよ」

「……ううん、だいじょぶ……。朝、食べない派だから」

「そうか。じゃあ、なんか飲む？　コーヒーでよければすぐだけど」

「ん……場所とかわかれば、自分でやるから。だいじょぶ」

のそっと立ち上がった美雨は、ふらふらとした足取りでキッチンに向かう。

けど、途中で手の甲をダイニングテーブルにぶつけて痛がったり、危うくキッチンを通り過ぎそうになったり……。どうにも危なっかしくて見ていられない。

俺も美雨を追ってキッチンに向かう。彼女は、どこになにがあるかわからずボーッとしていた。案の定だ。

「……美雨？」

「ん……別に寝てないし」

「そうじゃなくて」

立ったまま寝てた経験があるみたいな返しだな……。

「カップ類はここの棚にあるから。好きなの使っていい」

言いながら適当なカップを選ぶと、カプセル式コーヒーメーカーの注ぎ口に置く。

「コーヒーはこの機械。水の残量確認して、カプセルをここに入れて、このスイッチ」

手順を教えながらカプセルをセットして、スイッチを押す。水を瞬間的に温める際の音がちょっとだけうるさいけど、手軽にコーヒーを抽出してくれる便利な機械だ。

ふわりと香ばしい匂いが、湯気と共に上って鼻腔《びこう》をくすぐる。

「好きなだけ飲んでいいよ。カプセルは定期便で買ってるから」

「……ごめん……ありがと」

また言った、ごめんって。

けどこの「ごめん」はきっと、自分でやると言ったのに結局、やらせてしまったことへの言葉なんだろう。素直に受け止めることにした。

できあがったコーヒーを渡すと、美雨《みう》はさっそく手に取ってチビッと口に含む。

「……うま」

「ならよかった」

相変わらず表情は、起伏がわかりにくい。

でもきっと、根は素直なままなんだろう。そう思えると、少しうれしかった。

「……叔父《おじ》さんは、朝、なにも食べないの？」

ダイニングテーブルに座った美雨が、不思議そうに俺を見る。

「え？　ああ、そうだな……軽く胃に入れるぐらいだけど」

「もしかして、まだ食べてない？」

「うん。美雨が食べるなら一緒に、って思って。なんで？」

「……」

美雨はうつむいて言いにくそうにしていたが、

「あの、さ。ウチのこと変に気にしたり、待ったりしなくていーよ」

ゆっくり吐き出すようにして、続けた。

「叔父さんには叔父さんのルーティンあるっしょ？　それ崩してまで、ウチに合わせようとしなくても……」

そこまで言って、美雨は言葉に詰まる。

こっちから促すことはせず、次の言葉を待つ。……が、一向に出てこない。

さすがに不思議に思って、少しだけ彼女の顔を覗《のぞ》き込む。

「美雨？」

「うあっ」

寝落ちしてたんかい。うっすらよだれまで垂らしちゃって……。

彼女の過剰な遠慮癖に対して、もうちょっと言葉をかけて解《ほぐ》してあげようとか考えていたけど……いまこの子に必要なのは、そんなことより糖分だな。つまりは朝食。

「食べない派って言ってたけど、むしろ食べなきゃダメだ。準備するから待ってて」

「ちょ……だいじょぶだってば」

ハッとしたように顔をあげる。さすがの美雨も目が覚めたのか、慌てた顔色をしていた。

「そこまでしてくれると、こっちが申し訳なくなってくるの。家、いさせてくれるだけでもめちゃ助かるのに……」

やっぱり、そんなことを考えていたのか。

彼女の遠慮しいなスタンスから、そうなんじゃないかな、となんとなく思っていた。

同時に、もう少しフランクに頼ってくれてもいいのに、とも。

「別に合わせてるつもりもないよ。美雨は細かいことを気にしすぎ」

けどもちろん、すべてが昨日の今日だ。

この家で俺と一緒に暮らすってなかで、どの程度自分を出していいかの線引きに、まだ戸惑っているのかもしれない。

「これからの話をするにしても、まずはシャキッとしてからにしよう。朝飯食えば嫌でも目は覚めるだろうし。な？」

「……ん。わかった」

躊躇《ためら》いがちにうなずくと、美雨《みう》はチビッとだけコーヒーを飲んだ。


食卓に並んだ朝食は、実に簡素な内容だった。

俺の分は、パックの納豆と半丁サイズの木綿豆腐がひとつずつ。一方の美雨は、本人の希望によりパンとマーガリンだけ。けどそれぞれに、昨日のスープの残りが添えられている。

簡素だが質素に感じるほどではない朝食を摂《と》りながら、俺は、今後のことを美雨と相談することにした。

「今日は買い物に行こうと思うんだけど、予定は？」

「特に……。てかそれ、ウチも行くやつ？」

「しばらくここで暮らすにあたって、必要なものを揃《そろ》えないと」

「あー……。でも、最低限は持ってきてるよ。着替えと、歯ブラシ、化粧品でしょ……」

「女物のシャンプーとか置いてないけど、いいのか?」

「使わせてもらえるだけで十分だから。わがまま言わない」

「じゃあ、ドライヤーも買わなくていい?」

その一言で、少しだけ美雨の動きが硬くなった。

「……置いてなかったね、そーいえば」

「ああ。昨日、借りようとすらしなかったから、俺も今朝気づいたよ。そういえばって」

きっと美雨も遠慮していたんだろうけど。

「……てか叔父《おじ》さん、いままで濡《ぬ》れた髪どうしてたの?」

「男は黙って自然乾燥」

「は……?」

表情はあまり変化ないけど、俺にはわかる。「こいつマジか、やべーな」って絶対思ってる。

「けど、女子はそうも言ってられないだろ?」

「安いの自分で買う」

「さすがに俺が出すよ。美雨はお金貯《た》めないとなんだから」

これを機に俺も、自然乾燥なんて言わず乾かす癖をつけてもいいかもしれないしな。

「で、ついでに普段美雨が使ってる日用品も買い揃えちゃおうってこと。あと、もう一式布団もほしいし」

「布団？」

「さすがにこれからずっとソファーで睡眠、ってわけにはいかないから」

「……じゃあやっぱ、ウチがソファー使う」

「いいから。ベッド使えって。ちゃんとしたとこで寝ないと学業に影響出るんじゃないか？」

「いやむしろ、叔父《おじ》さんのほうが無茶できなくない？」

「え？　なんで？」

「ゆーてもう年じゃん」

「……うがっ」

やばい、姪《めい》っ子に「もう年じゃん」って言われるの、精神的ショックが結構でかいぞ。軽く死ねる。

ていうか二十六、七歳ってそんなに年か？　まだアラサーの入り口だぞ。

「……と、とにかくだ。俺と美雨《みう》、どちらがベッドを使うにしろ、布団はもう一式用意しといて損はないだろ？」

それはそうだけど、とつぶやいた美雨は、

「どっちかがベッドを使う、ってのをやめればよくない？」

「うん？」

「一緒に寝ればいー的な」

「……はい？」

一切表情を変えずさらりと言ってのけるもんだから、俺がびっくりしてしまう。

「ウチは全然気にしないけど」

ちょっとは気にしてくれ。下手《へた》な男が相手じゃ、余裕で勘違い起こす据え膳文句だぞ。泊める家主が俺みたいな身内や親族でほんとよかった。この子は明らかに無頓着で、無防備がすぎる。

「どう考えたって落ち着かないから。セミダブルとはいえ並ぶと狭いんだから。布団を買うのは決定事項です」

お金を出すのも布団使うのも基本的には俺だからだろう。さすがの美雨も、これ以上は言及してこなかった。

そうと決まれば、朝食を摂《と》ってボチボチしたら出かける準備だ。

俺と美雨はそれぞれで身支度を始めるわけだが……。

「そうか、着替えは全部寝室だ」

この家のリビングには備え付けの収納スペースはない。クローゼットやタンスも置いてない。

一方で、それらの家具のある寝室は、昨日から半ば美雨のテリトリーと化している。

「入っても大丈夫？」

「え、うん。てか、自分の家なんだし……」

それはそうだけど。

もし脱ぎっぱなしの服とか、キャリーバッグが開けっぱなしで見られたくないものが……とかあるだろうに。

と、なんともなしに口にすると、

「仮にそーでも、叔父《おじ》さんに見られて恥ずかしいもの、なんもないし」

それはそれで女子としてどうなんだろう？　と思わなくはない。身内であることを度外視しても、だ。

まあ美雨《みう》がいいと言うなら……と寝室の戸を開ける。

確かに、散らかってはいない様子だった。

キャリーケースも、直接床に触れないよう大きめのビニール袋を敷いている徹底ぶり。

「……気の使いすぎ……」

ってわけでもないか。

確かに、よそ様の家の床にキャリーバッグを直置きするのは、許可をもらったとしても躊躇《ためら》う行為だ。

見た目はどこに出しても誰が見ても、同じ答えに至るほどしっかりとギャル。

けど中身はこういう気遣いのできる子なんだな。

そんなことを考えながら、部屋を見回し窓のほうへ目をやると。

「――っ!!」

ブラジャーとパンツがカーテンレールに干されていた。

上下とも、黒を基調にところどころ白い柄が施されている。かわいさよりは大人っぽさを感じさせるデザインだ。おそらく昨日身につけていたものだろう。濡《ぬ》れたシャツが張り付いていたときに透けて見えていた柄と、同じ気がする。

びっくりした……窓が北向きでカーテンもかかったままだから、部屋が薄暗く見回すまで気づかなかった。

というか、見られて恥ずかしいものはなにもないって言ってなかったか?

それとも、身内だから下着を見られても恥ずかしくはない……ってことなんだろうか。

なら、美雨の言葉も理解できる。俺が変に動揺しているだけ――、

「着替え、まだ終わんない?」

「――うわひっ!」

心臓が肋骨《ろっこつ》突き破るかと思った。

突然背後から美雨に声をかけられる。

「どしたの、突っ立って――」

美雨がふと、途中で言葉を飲み込む。

彼女の視線は、窓のほうに向いていた。

そして再び俺を向くと、目をジトッと細めて、

「パクんないでよ？」

「盗むかっ！」

姪《めい》の下着だぞ？　いくらなんでも変態すぎるだろ。

美雨《みう》はスタスタと部屋に入ると、干していたブラとパンツを取り込んでキャリーバッグへしまう。しかもしっかり鍵までかけて。

そこまで警戒されるの？　恥ずかしさとかより、そっちの心配が先にくるらしい。

そもそも、俺が盗むかもしれないって発想に至る美雨も美雨なんじゃないだろうか。


目的のショッピングモールは電車で数駅行ったところにある。身支度を終えて家を出た俺たちは、まっすぐ最寄り駅に向かった。

電車に揺られて到着したショッピングモールは、土曜ということもありかなりの賑《にぎ》わいを見せていた。カップルだけでなく家族連れも多く、微笑《ほほえ》ましい休日の光景だった。

案内板で目当ての家具・インテリアショップの場所を確認。美雨と並んで店に向かう。

さすがは大きなショッピングモール。いろんな店があり、つい目移りしてしまう。

「へぇ、ここのフードコート、クレープ売ってるって。あとで食ってこうか」

とか。

「おもちゃ屋はやっぱ賑わってるなぁ。昔、よく一緒に見て回ったよな」

とか。

「この雑貨屋、たまに覗《のぞ》くとおもしろいもん売ってるんだよな。ちょっと寄ってみる？」

などと、ついウキウキと話してしまうのだが……。

「てかなんか、めっちゃテンション高くない？　ウケる」

全然ウケていないような表情で、サラッと突っ込まれる。

「そ、そうかな？」

でもおそらく、普段よりは高くなっているかもしれない。

なにせ、こうして美雨と出かけるのなんて数年……下手《へた》すれば十年ぶりとかになる。

可愛《かわい》がっていた姪と一緒に買い物ってだけで、叔父《おじ》としては嫌でもウキウキしてしまう。

逆に言えば——ただの張り切りすぎかもしれないが。

「あ、見てみなよ、美雨」

ふいに見つけたのは、国民的アニメのキャラがデザインされている、子ども向けのペンだ。

「こういうかわいいボールペン、好きだったよな」

「……そうだっけ？　てかそれ、いつの話だし」

呆《あき》れたようにドライに返されてしまう。

「もう全然、覚えてないや」

まじまじと観察するようにペンを取った美雨《みう》の手は、もうペンが馴染《なじ》まないぐらいに成長していた。子どもより大きく、けど細くしなやか。指先のネイルも、ギャルらしく鮮やかに塗られ、整えられている。

そこにはもう、ペンを握りしめていた子どもの手はないんだなと、思い知らされた。

「そう……か。ごめん、そうだよな。もう何年も昔の話だし」

自分が空回りしていることが如実にわかってしまう。

どうしたって回収できない、空白になってしまった時間。致命的なズレ。

なかなかピントを合わせられないのがもどかしい。

自分でも驚くぐらいしょんぼりとした気持ちで、雑貨屋の出口まで向かう途中。

ふと美雨は足を止めて、棚を見つめる。化粧品が並んでいるスペースだった。

「うわ、安……。てかこれ新色じゃん」

そうか……二十歳《はたち》の女子大生。そしてギャル。

ああいうペンより、いまはコスメへの興味だよな。

「見てるだけでいいのか？」

美雨は少しだけ考え込んでから、立ち上がる。

「いい。持ってるので間に合うし。てか必需品じゃないし」

「俺が代わりに買ってあげても――」

「いーからっ」

そう、はっきりめに断られてしまった。

「そーゆーの、だいじょぶだから、マジで」

「……そうか……ごめん」

やはり遠慮だろうか？

いや、いまのは明らかに俺のムーブが悪かったな……。

変にしつこいと恩着せがましくなる。それを嫌がるのは自然な感情だろう。

しばらく会っていなかったとはいえ親戚。もう少し距離感は摑《つか》みやすいかと思っていたけど。そう甘くはないらしい。

化粧品売り場の棚を離れ、俺たちは出口に向かった。

「……ねえ、これ。ヤバない？」

ふと美雨が、別の棚の前で足を止めた。脳内反省をしていた俺は、彼女の言う「これ」に目を向ける。

指さしていたのは、断末魔すら聞こえてきそうな表情が気持ち悪い、血走った目をした出目金のキャラグッズだった。

売り場のポップには「話題のキモカワ！【今際《いまわ》のデメキンちゃん】入荷♪♪」とあった。

いや、名前のセンスよ……。

「バカかわいくてウケる」

「え？」

「え？」

たちまち、妙な沈黙が周囲に漂う。

予想外の展開だ。このデメキンがかわいい……？　マジか、全然わからん。

これが若い子、というかギャルの感性なのか？　それとも俺がアラサーだからなのか？

「……かわいーじゃん」

美雨《みう》はどこかふて腐れたように、そっぽを向いて店を出てしまった。

そりゃ、うまく距離を詰められないわけだ。


インテリアショップで布団一式を購入し、宅配の手続きを終えたあとのことだった。

店を出てすぐ、美雨はなぜか足を止めた。

「どうした？」

美雨は応えず、ただ一点を見つめていた。俺もそのほうへ目を向ける。

小さな男の子だ。辺りをキョロキョロ見回すその表情は不安一色。周りに大人はいない。

「迷子かな……え？」

気づけば美雨は、その男の子の元へなにも言わず近寄っていた。

しゃがみ込んで男の子と目線を合わせると、話しかける。

「お父さんとお母さんは？」

優しい声音だった。昨日も感じていたが、美雨はもともと澄んだ声質の持ち主。しゃべり方も意識しているのか、男の子の不安を優しく包み込もうとしているかのようだった。

「わかんない……」

「このお店の中じゃないのかな？」

「……ちがう、とおもう。おもちゃのおみせにいたから……」

「そっか……楽しくって歩いてたら、ここに来ちゃったんだね」

「うん……」

男の子は自分の服をギュッと握りながら頷《うなず》いた。不安だけでなく、独りぼっちな恐怖心が見てとれた。

「……叔父《おじ》さん」

美雨はしゃがんだまま、俺のほうを見た。

彼女の言わんとすることは、わかっていた。

「迷子の預かり所みたいな施設はないみたいだ。一階のインフォメーションセンターに連れていくのが無難だろうな」

スマホでこの施設のフロアマップを見ながら答える。

男の子の言うおもちゃ屋さんは、おそらくひとつ上のフロアの店だろう。

そこまで連れていって親御さんを捜すことも一瞬よぎったが、入れ違いになるリスクなども考えるなら、係の人に任せるのが一番。

そう思っての提案のつもりだったんだが——美雨《みう》の意見は違った。

「その前に、近くのお店の人に事情説明してきて。ウチはこの子とここにいるから」

「え？　……あ、ああ。けど……」

「知らない人に連れられてるのを親が見たら、警戒しちゃう。センターに連れてくにしても、ここで係の人を待ったほうが、この子にとっても安全」

目から鱗《うろこ》だった。

確かに、俺たちがあの子を連れて歩いていたら、誘拐されているようにも見られかねない。

俺たちの、そしてなにより親御さんへの安心感のためにも、そのぐらいの距離感が迷子相手だと適切なんだろう。

「……わかった」

俺はすぐインテリアショップ内に戻ると、店員さんを探した。

それにしても、美雨はすごいな。適切な状況判断と対処を、あんな短い時間でこなせるなんて。子どもへの接し方も優しくて、しっかり相手の頭身に合せていたし。

迷子はインフォメーションセンターまで連れていけばいい……と、疑う余地もなく思っていた俺は、もしかしたら考え方が古かったのかもしれない。

近くの店員さんに声をかけ、事情を説明する。

その最中、ふと脳裏に疑問が過った。

……美雨はなんで、あんなに的確に考えられたんだろう？


その後、係の人の到着を待つまでの間、美雨は男の子の隣にしゃがんで、ずっと話しかけてあげていた。

どこから来たのか、いまいくつなのか、お父さんお母さんはどんな人なのか、おもちゃ屋さんでなにを買ってもらう予定だったのか。

そんな他愛《たわい》のない会話で、間を持たせていた。

この子が不安にならないように、という気遣いや優しさだろう。そのおかげか、男の子はみるみる明るい表情を取り戻し、笑みを浮かべるようになっていった。

しばらくして係の人が到着すると、美雨は男の子の名前や親御さんの特徴などを説明した。

男の子の説明だけでは拙《つたな》いところも、補足するように。

そこでようやく、美雨《みう》は男の子へ話しかけていくなかで、さりげなく情報を引き出していたことに気づいた。彼を安心させせつつ、係の人への引き渡しがスムーズに運ぶように。

美雨のそうした手際のよさに、俺はただただ素直に、驚くばかりだった。

大人の男女が近くにやってきたのは、ちょうどそのときだ。

「ママ！　パパ！」

男の子はいままで我慢していた寂しさが爆発したかのように泣き出して、親御さんのところへ駆けていった。親御さんも安堵《あんど》したような表情で、俺も安心した。

男の子のご両親や係の人からお礼を言われた美雨は、

「ここで一緒に待っていただけなんで。見つかってよかったです」

と謙遜したように応える。

「おねえちゃん！」

男の子は、ご両親と手を繋《つな》ぎながら美雨を見上げると、

「ありがとう！」

「もうはぐれちゃダメだよ」

美雨の言葉に、男の子は大きく「うん！」と頷《うなず》いた。

ふと俺は、美雨のほうを見る。

笑顔……と、わかりやすく受け取れる表情ではない。

けど男の子たちを見送る優しい目の色は、彼女も心から安堵していることを物語っていた。

「お手柄だなっ」

叔父《おじ》として、美雨の手腕で男の子が助かったのは誇らしいし、うれしい。

その気持ちを伝えようと、明るく言った……のだが。

「やめて。ハズい」

彼女はすぐフラットな表情に戻ると、その場をスタスタと歩き出してしまった。

どうやらまたしても、接し方を誤ったようだ。


しばらく歩いたあと、ふと時計を見るともう十五時を回っていた。

「そろそろ昼飯にしようか」

「……ん」

どうせピークタイムは混んでいただろうし、ちょうどいい時間だろう。

狙い通りフードコートは空いていたので、フロア内の店で注文をすませ席を確保。

しばらくして手元の電子ベルが鳴ったので料理を取りに行き、改めて座ると食事を始める。

席順は、向かい合い。けど最低限のやりとりを除き、特に会話はない。

俺のほうからもっと話しかけるべきなのは間違いないんだが……。

美雨《みう》との久々の買い物だからと妙に浮かれすぎて、今日は空回ってばかり。

その反省もあって言葉を選ぼうとすればするほど、話題は迷子になっていた。

一方の美雨は、特に気にしているそぶりもなさそうだった。オムハヤシを咀嚼《そしゃく》しつつ、賑《にぎ》わっている店内をなんともなしに眺めている……という感じ。

俺も彼女の視線の先を追う。

家族連れだ。ご両親の向かいのソファー席に座っているのは、お姉ちゃんと弟だろうか。

お子様プレートをうまく食べられていない弟のために、お姉ちゃんが手伝ってあげている。

ご両親はその様子を微笑《ほほえ》ましそうに眺め、ときにあたふたしつつケアしている。

絵に描いたような家族団らんのひと幕。

それを眺めている美雨の心境は、俺にはわからない。

もちろん、想像ぐらいはできる。さっきの迷子の男の子のときだって、美雨が安堵《あんど》していたのはすぐ伝わってきたし。

けど美雨は、そういった家族団らんの機会を奪われた側の人間。

幸せの裏にさした影の世界で、生きざるを得なかった女の子。

だから俺は、せめて叔父《おじ》という立場なりに、美雨を楽しませてあげたい。

……なんて、思っていたんだけどな。

「ごめんな」

カレーライスをすくおうとしていたスプーンをそのままに、口からは自然と漏れていた。

美雨と目が合う。

「俺、鬱陶《うっとう》しかったよな」

今日の俺は、明らかに距離感を見誤っていた。

楽しませてあげたいという一方的な善意を、押しつけただけだったんじゃないか？

ずっと、そんなモヤモヤした思いを抱えていた。

「……そんなこと、ないよ」

でも美雨は、手元をしばらく見つめてからぽつりと漏らした。

弦をそっとつま弾いたかのような、細い声音だった。

「普通に楽しかった。それはホント」

こーゆーの、久しぶりだったから……と。美雨はそう付け足した。

「ならよかったんだけど……」

どうしても不安が拭えないのは、美雨の表情から感情を正確に読み取れないからだった。

ウケると言ってるのに、ウケたような顔は見せない。

かわいいと気を向けても、表情はドライなまま。

無気力そうな伏し目。まるで凪《な》いだ海のよう。静かさだけでなく、深く冷たい悲しみのようなものも漂っている。

けど口ぶりや言葉から、それが彼女の本心ではないこともわかる。あまりにちぐはぐ。だから、よくないとわかっていても、不必要に彼女の気持ちを勘ぐってしまう。


それこそが、空回ってしまった原因なのかもしれない。

「下手《へた》なんだよね、笑うの」

それを察したのか、美雨《みう》はため息交じりに言う。

「いつも人の顔色ばっか気にして、地雷踏まないようにしてたから」

「それは、学校で？　それとも……」

「家。伯母《おば》さんと伯父《おじ》さん。ああ、叔父《おじ》さんのことじゃなくてね」

ややこしいね、と鼻で笑う。

「なに話しても不機嫌そうだったし。こっちが楽しそうにしてると、特に。めっちゃ窮屈だったけど、養ってもらってる以上はウチが合わせるしかないじゃん？」

同意しかねる話だ。

けど、そう告げること自体が彼女への否定になりそうで、なにも言えなかった。

「笑ったりムスッとして不機嫌にさせるぐらいなら、なにも顔に出さないほうがいーなって。んで気づいたら、お互い無関心状態。逆に楽になってマジウケた」

そう言って美雨は口元だけうっすらと嗤《わら》う。

伯母夫婦に向けたのか自分に向けたのかは、わからない。

「楽しそーには見えなかったかもだけど……嫌じゃなかったよ。今日」

「……そうか」

きっとこれは、本心なんだろう。

空回りばかりだったけど、必ずしも独善的ってわけじゃなかったのは救いに感じる。

「……あ、でも。謎に張り切ってて草、とは思ってた」

思われてたんかい。

「しかも人に『ごめんじゃなくていい』とかゆってたのに、今日の叔父さん、ごめんばっか」

「う……言われてみれば確かに」

「叔父さんっていつもこーなの？　疲れない？」

「いつもってわけじゃないけど……」

なんて答えたらいいものやら。

けど、別に隠す必要も取り繕う必要もないんだよな。

「美雨と買い物に出かけるの、すごい久々だし。どうせなら楽しんでもらいたいなって」

言い終えたあとでなんだが……前言撤回。

相手が姪《めい》とは言え、改まって口にすると小っ恥ずかしいな。

ちらりと美雨《みう》に目をやる。

彼女は、相変わらずのドライな目で俺を見ていた。

けど、不意に目を逸《そ》らす。

「……ふーん……そっか」

いやどういう感情？

最後の一口にしては量の多いオムハヤシを口に含んだ美雨の感情を、俺はやっぱり読み取れなかった。

●とある裏アカのつぶやき

――サヤ　@sayaya_lonely13　5時間前
叔父《おじ》さんに干してる下着見られた。パクられるかもって地味に焦った。

――サヤ　@sayaya_lonely13　3時間前
デメキンちゃんのかわいさ伝わんないとかマ？　ありえねー。

――サヤ　@sayaya_lonely13　3時間前
でも、楽しいからいーんだけどさ。こーゆーのひさびさだ。
ちっちゃい頃にかわいい文房具買ってくれたの思い出した。

――サヤ　@sayaya_lonely13　1時間前
叔父さんも楽しかったんだ。
地味にうれしい。口にすんのはハズいけど。

ギャル姪の生態 1

「朝はポンコツ」

第三話　思い出の味

幼い頃の美雨《みう》は、ことあるごとに姉ちゃんに連れられて、俺の住む実家に遊びに来ていた。同市内に姉ちゃんたちも住んでて、会いに来やすい距離感だったことも理由だろう。けど一番は、俺の両親が美雨に会いたがったのだ。

姉ちゃんが腹を痛めて産んだわけではない。けどその絆は、実子と同じぐらい強く結ばれている。それをわかっているからだろうか、実の孫として美雨を心から愛し、接していた。

そんなわけで、俺もしばしば家で会うことも多くて。

「ただいまー」

「あ、おじちゃん帰ってきた！」

あれは俺が中学生の頃だったっけ。

学校から帰って来るや、ドタドタと音を立てて廊下を走る美雨に出迎えられた。

「あれ、来てたんだ」

「むー、来てちゃダメなの？」

「そうは言ってないじゃん」

ふくれっ面になる美雨に背を向け、靴を脱ぐその最中、ふと甘い香りがしたのを覚えている。

「おじちゃんに見せたいのがあるの！　こっちきて！」

靴を脱ぎ終えるやいなや、俺は美雨に腕を摑《つか》まれた。

正直、部活終わりだから自室でダラダラするか、風呂に入りたいんだけどなぁ……と思ってはいた。けど美雨を拒否ることなんてできなくて、強引に引っ張られるがままリビングへと足を踏み入れた。

玄関でも香っていた甘い匂いがいっそう濃くなった。目を向けると、キッチン横のダイニングテーブルには、かわいらしいカップケーキがいくつも並んでいた。

「これ！　すごいでしょ！」

そのケーキを、美雨は自信満々に見せつけてきた。

「美雨が作ったの？」

「うん！　ママに手伝ってもらいながら！」

シンクで洗い物をしていた姉ちゃんを見たら、はにかんでいた。

曰《いわ》く、最近ネットで見つけて覚えたレシピを美雨と試してみたらしい。

料理やお菓子作りが得意ってイメージなんてなかった姉ちゃんの、意外な一面だった。

「おじちゃんにもいっこあげる！」

美雨はいつの間にか椅子の上に立って、並べられていたカップケーキのひとつを俺に差し出していた。ちなみに片手には、ちゃっかり自分用のを抱えてもいた。

「ありがと。部活終わりでちょうど小腹が空いててさ」

受け取ったカップケーキは、まだほんのりと温かかった。焼き上がってからそう時間は経っていなかったんだろう。

けどそれは、たぶん、触覚由来のそれだけじゃなく。

いま思えば、美雨《みう》が作って俺にくれたという事実も温かさの要因だったんだろう。

「いただきます」

「いただきます！」

ふたりで挨拶してから頬張った。

しっとりとした舌触りと、口の中いっぱいに広がる優しい甘さが、部活疲れの体に染みこむようだった。

「んん～♪　ママ、おいしい！」

落ちないように頬を押さえながら、美雨は幸せそうに笑っていた。

振り返った姉ちゃんの指摘で、頬についていた食べカスに気づいた美雨は、それを摘《つま》んで指ごとくわえた。ちょっと行儀は悪いかもしれない。けどそれほどお菓子に夢中なのだと思えば、かわいらしい行為だと感じた。

「けど、マジで美味《うま》いな……。もう一個だけ――」

「だめだよ！」

伸ばしてしまった手を、美雨はペチッと叩いた。

「夜ごはんのまえに食べたら、夜ごはんたべれなくなるよ」

まさか小学校低学年の姪《めい》っ子に、これほど至極真っ当なことを言われるなんて……。

姉ちゃんも驚き半分、愉快半分な様子で笑っていた。

それに釣られて、俺も笑ってしまった。

確かにあのときの美雨は、年不相応にちゃんとしていたかもしれない。

でも、

「食べたくなったら、今度はおじちゃんもいっしょに作ろうね！」

そこにたたえていた笑みと年相応の純真無垢《むく》さは、目をつむればいまでも思い出せるほどにまばゆかった。

＊　＊　＊

すっかりギャル化した美雨と、久しぶりの買い物をした翌日。日曜のお昼前。

梅雨の合間を縫うように久しぶりの晴れ間が覗《のぞ》いていた。とはいえ雲は多く、夜には降水確率も四十％を超えるらしいが。

それでも、鬱屈としていたここ数日の天気とは裏腹の、心地いい陽気の休日。

……にも拘《かか》わらず。

「いいから。俺がやるって」

「ウチがやるってゆってんじゃん……っ」

俺と美雨《みう》は、洗濯機の前で軽い口論をしていた。

「俺の家で出た洗濯物だろ。家主の俺がやんないでどうする」

「自分が使って出した洗濯物ぐらい、自分でやるから」

事の発端は、数分前。

遅く起きた俺が歯を磨こうと洗面所に向かうと、すでに着替えなどもすませていた美雨が、洗濯機の前で棒立ちしていた。

どうやらドラム式洗濯機の使い方がわからなかったようで、スマホでオンラインの説明書を検索していたらしい。

わからないなら俺がやっとくよと提案したところ、美雨は「自分でなんとかするからだいじょぶ」と対抗。

そのまま、同居生活においてどっちが洗濯を担当するかで意見が食い違い揉《も》めている……というわけだ。

「なんでそう頑《かたく》ななかな……。どうせまとめて回すんだから、誰がやっても一緒だろ」

「ならウチがやってもいーってことじゃん」

「違う。誰がやっても一緒『なら』家主の俺の仕事だ、ってこと」

「屁理屈《へりくつ》」

「屁理屈も理屈のうちってね」

「それも屁理屈じゃん。ズル……」

顔つきは、別段怒っているわけでも呆《あき》れているわけでもなさそう。

ただ口調は、どこかふて腐れたように聞こえた。

却《かえ》ってそれが美雨の心境や、頑なな姿勢の真意を見えなくさせている気がした。

「そこまで言うなら、美雨の理屈を訊《き》こうか」

すると、さっきまで主張の激しさがウソのように、美雨は黙った。

「ないのか、理屈」

「そーじゃないけど……」

その後、数秒、言いにくそうにしている沈黙を経て、

「……下着」

「え？」

「だから、下着。自分で洗いたいから」

「……ああ、そういうこと……」

部屋着姿は無防備なのに、下着そのものには警戒心高かったっけ……と、昨日の干してた下着の一件を思い出す。

「やっぱ、見られるのは嫌だよな」

完全な偏見だけど、ギャルってその辺、もう少しオープンっていうか無関心だと思ってたけ

ど、人による——、

「いや別に。見られるのなんか気にしてないけど」

「……あ、あれ？　でも昨日は……」

「パクられないようしまっただけじゃん」

「パクるつもりは微塵《みじん》もなかったけどな？」

心外にもほどがあるんだが？

けどそれなら、なにを気にしてるんだろう。

「洗い終わったやつは、別に見られようが触られようがどーでもいーし。でも洗う前のは別ってゆーか？　それに、洗い方だって絶対知らないじゃん。形、崩したくないの」

さらにボソッと「合うサイズの、少なくて高いし……」と付け足した。

確かに女性の下着は、装飾が剥がれたり形が崩れたりするから、かなりデリケートな洗濯物なんだよな。

「だから、自分の洗濯物は自分で——」

「推奨される洗い方は、ブラは中のパッド外して、ホックを留めた状態でネットに入れて洗濯だろ？　ショーツもネットに入れるのが安全だな。この洗濯機だとおしゃれ着コース。できれば手洗いのほうが、型崩れ防止になるし飾りもとれないからベストなんだけど。んで、基本は日陰干し。この辺は洗濯表示みればわかることだな」

「…………」

なぜか美雨《みう》は固まっていた。

愕然《がくぜん》……というよりは呆然《ぼうぜん》として。

「……詳しすぎてキモ」

「キモい言うな！」

ナチュラルに悪口を言うような子に育ってしまったのか、我が姪《めい》よ……。

ちょっとショックだよ、叔父《おじ》さんは。

「てかなんでそんな詳しいの？」

「前に調べたからだよ。知っといて損はないからな。いつ女性もの下着を洗う機会に出くわすかわからないし」

もちろん、男でその辺りに詳しいこと自体が珍しいって自覚はある。

けど同じ『洗濯』というジャンルの知識。一人暮らしをしている以上、あらかじめちゃんと理解しておくことは大事だ。

現にいま、こうして洗う機会に出くわしているわけだし。

「……やっぱキモ」

「おい」

「そんなにウチの下着、洗いたいってこと？」

「え!?　……いや、そうは言ってない……」

けど、そう捉えられちゃうのか……!

まずい、途端に自分がキモいおっさんに思えてきた。

「洗い方詳しくても、触られて平気かどうかは別。ウチの下着はウチが洗う。だからついでに、家の洗濯物も全部、ウチがやる」

俺が動揺している隙に、美雨《みう》はすかさず主張をぶつけてくる。

「居候させてもらうんだしさ。それぐらいはやるよ。気が収まらない」

やっぱり美雨は頑固だ。一度自分がやると言ったら、もう聞かない。仮にそれが、俺目線で過剰だなと思えることだとしても。

けど筋は通っている。通ってしまっている。

俺のほうで折れるのが大人の対応かもしれないな。

「わかった。任せるよ。ただ、洗剤とか柔軟剤とか必要なものは俺が買うから。それが折衷案。どうだ?」

「……ん」

本当はその辺りも自分で準備したかったのかもしれない。少しだけ不服そうに美雨は頷《うなず》いた。

ともあれ、ひとまずはこれで着地したな。

俺はようやく歯磨きに移れる。

と、歯ブラシを用意し洗面所をあとにしようとして――ふと感じた疑問をぶつける。

「自分の下着触られるのは抵抗あるのに、俺のを触るのは平気なのか？」

「？　男物なんて全部ただの布じゃん。ウケる」

おいおい、その理屈はどうなんだ？


毎日の小まめな掃除こそヒマがなくてやらないが、休みの日の早い時間に、まとめてパパッと掃除をする習慣はつけていた。

埃《ほこり》を払い、フローリングワイパーですすーいと床を掃除し、カーペットに掃除機をかけて一通りは終わり。だが、男の一人暮らしならそれで十分だ。

毎日やったほうがいいのは風呂とトイレぐらい。あと、自炊率が高いからキッチン周りも。

おかげで、男の部屋にしてはきれいだという自負はあった。

そんなこんなで習慣の掃除も終え、なにか昼飯を……と思っていたら、部屋着から普段着に着替えた美雨がリビングにやってきた。

デニム地のタイトスカートに、白のワンショルダーのトップス、その上にメッシュのカットソーを合わせたコーディネート。普通の女の子が合わせるにはちょっと前衛的な装いかもしれないが、ギャルな印象の強い美雨には不思議とマッチしていた。

「テーブル、使ってもい？」

もちろんと答えると、美雨《みう》はダイニングテーブルに荷物を置いて腰掛けた。

コンパクトな鏡を立て、ポーチからズラッとペン型の道具なんかを取り出す。

それらがメイク道具であることは、さすがの俺でも瞬時に理解した。

「出かけるのか？」

「うん。今日、バイト」

そうか、日曜だもんな。

平日忙しい学生なら、土日は稼ぎどき。両日は働かないにせよ、確実にどちらかは仕事に充てていて当然か。

などと思いながら、せっせとメイクしていく美雨を眺める。

手際がよすぎることに驚いた。黙々淡々と素早くすませていく。

ファンデーションもそこそこにアイメイクに移って、シャドウを散らしたりラインを引いたり。みるみるうちに顔ができあがっていく。

美雨はメイク前も十分にかわいらしい顔立ちをしている。

ここ二日、風呂上がりの美雨を見ているからわかるが、すっぴんでも圧倒的な美人の部類に入るだろう。にも拘《かか》わらず、メイクでしっかり自分を仕上げていく。

すっかり金髪ギャルな女子大生になったんだな……と、感慨深くもなってしまう。

幼い頃の美雨は、いまよりも明るい子ではあったが、派手さを求めることはなかった。髪色も、地毛は明るいほうだったと記憶しているが、露骨に色を抜いたような色みではなかった。最終的に伯母《おば》夫婦の家へ引き取られてすぐの頃も、金髪になったりという変化は見たことがない。

だとすると、金髪ギャルに目覚めたのは高校生の頃だろうか。

誰しもが多感になる時期。そんななか、伯母夫婦の下での生活が理由で、一時的にグレてしまった……とか？

……よくないな。いまの美雨の様相を指して道を誤った、なんて評価するのはナンセンスだ。

ただ、理由は知りないな、とは思った。

「……見てて楽し？」

卓上ミラーを挟んで、美雨と目が合う。

思案中、ずっと彼女を眺めていたせいだった。

「いや、そういうんじゃなくて……」

どうしようと思って口をついたのは、包み隠さないままの問いかけだ。

「メイクとか金髪は、いつ頃から？」

「んー……高一のとき」

美雨はメイクに戻りながら、嫌な顔ひとつせず素直に答えてくれた。

もしかしたら本当は、答えるのも嫌だったのかもしれない。表情からはそれを読み取れなかったけど。

「なんとなく誘われて入れさせてもらったグループの子が、みんなギャルでさ。その子たちにメイク教わった」

「そうだったんだ」

友達はいたんだな、という妙な安心感を覚えた。

でも直後、どうも彼女の言い方が気になった。

「その子たちは、友達……でいいんだよな?」

「どーなんだろね。仲はよかったし、遊びに出かけることもあったけど……。卒業してからはあんま連絡取ってない。それって『友達』?」

確かにそれは、友達と呼んでいいか迷うな。

単なるクラスメイト……より少しだけ仲のいい人たちぐらいだろうか。

「でも、誘われれば会ったりはするんだろ?」

「断る理由がなければねー」

その言葉に安堵《あんど》する自分がいた。

自分から率先して連絡を取るほどではないにせよ、少なからず彼女にも、居場所はある——あるいはあったんだなとわかったから。

美雨《みう》は鏡に顔をグッと近づけると、自分のまつげをビューラーで挟んだ。

「伯母《おば》さんたちは、メイクとか髪については、なんて？」

「別になんも。呆《あき》れてたかもしんないけど、わかんない。ずっと無関心だったし」

寂しい単語を口にしても、メイクの手は相変わらず止まらない。

ビューラーで上向きにさせたまつげに馴染《なじ》むよう、付けまつげをつけていく。

「ウチ的にも、そのほうが楽だったから別にいーんだけど」

本心なんだろう。紛れもなく。

でも本当はどんな形であれ、ギャル化した自分を気にかけてほしかったんじゃないだろうか。

明るくなったねと褒めてもらうのでも、みっともないと叱られるのでもいい。どちらだとしても無関心よりはマシだったのに。……みたいな邪推をしてしまう。

もっとも、美雨の心持ちの真相なんて外野にいた俺にはわからない。

気怠《けだる》げに見えて、意外と主体性があって頑固。他方で消極的でもあり、他者との距離感も非常にドライ。そうなってしまった要因は、やっぱり俺の知らない彼女の五年間……いや、下手《へた》したらもっと長い時間の中にあるんだろう。

「叔父《おじ》さんはさ」

唐突に、美雨は鏡をたたみながら尋ねてきた。

メイクを完璧に仕上げ、万全の態勢を整えた金髪ギャルが、そこにいた。

「ギャル、嫌い？」

「好き嫌いはないよ。本人が好きでそうしてるなら、尊重する派」

「ふーん」

美雨《みう》の返事は、質素だった。

わかっている。自分の答え方がいかにズルかったかは。

ただ、紛うことなく本心なのだから仕方がない。

だからもうひとつ、本心を付け足す。

「でも、いまの美雨はきれいだし、似合ってると思うよ」

「……ふーん」

少しだけ間が空き、鏡越しに合っていた視線が外される。

またしても質素に返した美雨。心なしか頬が赤らんでいるように見えたのは、施したばかりのチークの影響だろうか。

やがて美雨はメイク道具を片付け始める。一通りの準備を終えたところで、時刻は十三時に差しかかろうとしたいた。

美雨はもう出発するというので、玄関まで見送ることに。

「帰り遅くなるから、ご飯はだいじょぶ」

「そうか。わかった」

遅くなるってことはおそらく、二十二時かそれ以上まで働くってことだろう。

逆算すると、間に一時間の休憩を含めた八時間ぐらいは勤務……というところか。

「ちなみに、なんの仕事なんだ？」

「……あんま、バ先は言いたくない」

「手羽先？」

「バ先。バイト先のこと」

若い子はいま、そう略すのか……。知らなかった。さすがにいまのは一瞬年を感じた。

それはそれとして。

言いたくない、というのは思いもよらない回答だった。

「人に言えないような仕事……なのか？」

「そーゆーんじゃないけど。気にされたくないってゆーか」

なる、ほど？　気にされたくない……か。

美雨の口ぶりから、人に言えないような怪しい反社会的な仕事って訳じゃなさそうだから、そこは安心していいんだろうけど。

「せめてジャンルぐらいは教えてくれても」

「……接客業」

範囲が広いな……。飲食店勤務かなにかか？

でもしっかりめのメイクが許されて、昼過ぎには出勤で、夜遅くまで働く、あまり人に知られたくない接客業って……。

——水商売？　キャバクラとか？

いやでも、昼に出勤ってあり得るんだろうか？　昔、会社の先輩の付き合いで夜に一度行ったきりだからな。知識不足だ。

ああでも、いわゆる『同伴』で早めにお客さんと会うパターンとか？

そういえば、昼キャバなんてのも聞いたことがあるな。もしかしたらそういう類いの店で、昼夜通しで働いている……とか？

……あの辺の業態、よく知らないけど。

てか、なにを悶々《もんもん》と考えているんだ、俺は。よく知らないのならなおさら、断片的な情報や勝手な憶測で決めつけるものではないだろうに。

本人が言いたくないのなら、そっとしておくのが一番じゃないか。

いずれ教えてくれるときがくるかもしれないし。余計な詮索はやめだ、やめ。

「どしたの？」

気づくと、美雨《みう》はこちらの顔を覗《のぞ》き込んでいた。

視界いっぱいに美雨の顔が収まるほどの距離。仄《ほの》かに香ってくるのは化粧品の香りだろうか。でも、不快感はない。

むしろ、ギャルとして完璧に仕上げられたキレイな美雨の目に、意識ごと吸い寄せられるような錯覚を覚えた。

「さっきから顔芸したりうんうん頷《うなず》いたり。草生えるんだけど」

う……恥ずかしい。

美雨の仕事のことで一人脳内会議していたなんて言えるわけがない。

「な、なんでもないよ。気をつけてな」

「ん」

コクッとうなずき、玄関のノブに手をかける。

そこで美雨は、一瞬動きを止めた。

「……行って……きます」

言い慣れていないかのような、こそばゆさを孕《はら》んだ言葉。

けど初めて、彼女のほうから歩み寄ってくれたかのような言葉。

たった六文字のありふれた挨拶が、この瞬間、俺にとってはどんな名言格言よりも心に染み入った。

「行ってらっしゃい！」

気持ちよく返して美雨を送り出す。

閉まるドア。途端に静まりかえる。

美雨《みう》がどんな仕事をしているんだとしても、自立しようと頑張っている事実には変わりない。

ならいまは、あの子を信じて見守ってあげるべきだろう。そして、疲れて帰ってくるであろう美雨を、労《ねぎら》ってあげよう。

とはいえ。

ご飯はいらないって言うし、どう労ってあげたものか……。

そう、なんともなしにキッチンに向かう。俺の夕飯を外ですませるか家で食べるか決めるため、冷蔵庫を開ける。時間的にはまだ全然、決めなきゃいけない時間でもないんだけど。

美雨にはなにか夜食程度のものを用意して、仮に今日食べないにしても、明日の朝食に回せるようにするのもありかなぁ。

……いや、待てよ。

ご飯じゃないもので労うのもありか。

久々に試してみたいことを思いつき、俺はさっそくスマホのメモ帳を開くと、買い物リストを作り始めた。


美雨が帰ってきたのは、もうすぐ二十三時に差しかかろうというタイミングだった。

寝室と洗面所を一旦経由するような足音を立ててから——おそらく荷物を部屋に置いて、

手を洗ってきたんだろう――ペットボトルの入った袋を持ってリビングにやってくる。

「おかえり」

姿を視認するや声をかけると、美雨は一瞬固まってしまった。

「……た……だいま」

相変わらず、言い慣れていないようなたどたどしさだった。

「風呂はもう沸かしてあるから」

「え？　……あ、うん……ありがと」

一瞬キョトンとしつつ、美雨は冷蔵庫を開け、空いているスペースにペットボトルをしまう。

ちなみに、冷蔵庫も好きに使っていいと伝えていた。そうでもしないと、いちいち開ける度に「開けてい？」と了解を求められるし。

そんな事前のすり合わせのおかげか、自然と自分のもののように冷蔵庫を扱ってくれていることが、少しだけうれしく思う。

「ウチがやるのに。お風呂」

「バイトから帰ってきて早々やらせるほど、亭主関白じゃないって」

「いつの間にかウチ嫁になってて草」

「いや、ものの喩《たと》えだから……」

咄嗟《とっさ》に思い浮かんだ言葉がそれだったというだけなんだが……。

けど確かに、それにしたって語彙《ごい》力なかったか。

「じゃあ、平日はウチがやる」

「んー……交代制でいいんじゃないか？　平日もバイトあるんだろ？　週何日？」

すると美雨《みう》は、片手でパーを作った。

「五」

「多いな！」

いやいや……大学生だろ？　授業だってあるのに週五勤務って。

思わず声を上げてしまうほどには、働き過ぎだと感じた。

ただ、平日は三～四時間の労働だとして、貯金の効率を考えるとそのぐらい必要なのか？

なんだか危うい気がする……。体調管理とか大丈夫かな。

「それだけ働いてると、交代制もなにも関係ないな……。休みって何曜？」

「シフトによりけりだけど、だいたい火曜と水曜。ただ明後日《あさって》は、昨日休むために交代してくれた人の分で出勤」

「そうか……じゃあ明後日はいいけど、基本的に火曜と水曜を美雨に任せる。逆に土日は俺がやるよ。それ以外は、家に早く帰ってきたほうがやる。これでどうだ？」

「う……ん？」

頷《うなず》きかけた美雨は、なにかを疑問に思った……いや、気づいたらしい。

「二十二時上がりのウチが、基本遅く帰ってくると思うんだけど」

「……意外と察しがいいな」

騙《だま》そうと思ってた訳じゃないんだけど。こうもあっさり突かれるか。

「あまり肩肘張らず、遠慮もしないで、適当でいいよってこと。今朝の洗濯とは別で、気づいた人がやればいいいんじゃない？」

あれこれ決めたり分担を徹底しすぎるのも、堅苦しくなってしまうだけしな。そんなことのためにいちいち気や頭を使ったってしょうがない。

美雨もそれで納得してくれたのか、「ん」と首肯した。

「それはそうと……」

ソファーから立ち上がると、俺はキッチンに向かいながら、

「冷蔵庫の中、カップケーキ入ってたろ」

「あーね。あった。買ってきたの？」

「いや――」

冷蔵庫を開け、くだんのカップケーキをひとつ取り出すと、美雨に渡した。

「俺が作った」

「…………へ？」

ここ数日中の美雨にしては、珍しいぐらいに素《す》っ頓狂《とんきょう》な反応だった。

型紙の中でしっとりと膨らんでいるカップケーキ。その頭頂には粉雪のように砂糖がまぶしてある。

ベーシックなものの他にも、レーズンを仕込んだもの、チョコチップを散らしたもの、ココアパウダーを混ぜたチョコ味のものとがあって、各二個ずつ焼いてあった。

「売り物じゃなくて?」

「おお、売り物と思ってもらえるほどの高クオリティー。さすが俺だなっ!」

「え、ガチ? ……やっぱ」

どうやら美雨《みう》は、本当に心から「ヤバい」と思っているようだ。

表情がほんの数段、明るくなったような気さえする。

「てか、なんで作れんの?」

興味津々と言いたげな顔を向ける美雨。

わかりやすく笑顔や明るい顔つきというわけではない。けどうちに来て初めて、年相応の女の子らしい表情を見た気がした。

「レシピ通りに作ればほとんど失敗しないよ、カップケーキなんて。ふんわりしっとり作るのにちょっとコツがいるぐらい」

「コツ?」

「小麦粉を入れてからしっかり混ぜすぎない、とかかな」

へぇ……と唸《うな》りながらまじまじとケーキを眺めている美雨。

お預けを食らっている子犬みたいだ。

「食べていい――」

「いーのっ？」

おお、意外なほど食い気味な返事。甘いものが好きなんだろうか。

だとしたら、お菓子で労《ねぎら》うことを選んで正解だった。

「もちろん。美雨に食べてもらいたくて作ったやつだし」

「あ……そう」

ほんの少しだけ……美雨の表情に影が差した気がした。

でもすぐに、なんでもなかったかのように、ケーキを一口サイズに割って口に含む。

「……んま」

「よかった、口に合ったようで」

一度口に入れたら止まらなくなったようで、千切《ちぎ》ってはひょい、千切ってはひょいっと口に入れ、咀嚼《そしゃく》していく。

すると、最後の一切れを食べる寸前になって、美雨はカップケーキをジッと見つめた。

「どうした？」

「……もしかして、これ……お義母《かあ》さんの？」

「おお、よくわかったな。教わってたんだよ、レシピ」

かつて姉ちゃんが、美雨《みう》や俺に作ってくれたように。

いつか俺が、美雨や姉ちゃんに作ってあげたいなと。

生前に教わっていたレシピをもとに、昔は何度もこっそり練習していたんだ。

まさかその機会を待たずに姉ちゃんが逝っちゃって、美雨に作る機会もこんなに遅くなってしまうとは、これっぽっちも思っていなかったけど。

しばらくケーキを眺めていた美雨。どこか躊躇《ためら》うように、最後の欠片《かけら》を口に含んだ。

じっくり味わうように、噛《か》み締めるように、時間をかけて咀嚼《そしゃく》を終える。

「つかマジ、スペックバカ高すぎ叔父《おじ》さんじゃん、ウケる」

「どういう形容のしかただよ」

実にギャルらしい（？）独特な言葉の並びで評価され、笑ってしまうと同時。

うれしいような恥ずかしいような、くすぐったさも感じた。

ただ、美雨がようやく肩の力を抜いて喜んでくれたような気もして、作って待っててよかったと心から思える。

「……も一個、食べてもい？」

「もちろん。全部食べたっていいけど？」

「いや、さすがに胸焼けしそうだから、だいじょぶ」

美雨《みう》は先ほどとは違う味のカップケーキを手に取ると、千切《ちぎ》って口に含んだ。

……ふと、まだ美雨が幼かったころ。初めて俺にカップケーキを作ってくれた時のことを思い出した。

あの時は俺の方がお預けを食らったんだっけ。晩飯が食えなくなるから、って。

懐かしさを感じつつ。

すっかり立場が逆転していることに、俺は妙におかしくなって、少し笑った。

●とある裏アカのつぶやき

――サヤ　@sayaya_lonely13　10時間前
メイクほめられると思ってなくてビビった。不意打ち過ぎる。なんかくすぐったい。

――サヤ　@sayaya_lonely13　31分前
ウチに食べてもらいたくて。そーゆーのいいのにな。めんどーじゃん。
めんどーじゃないの？　申し訳なくなる。

――サヤ　@sayaya_lonely13　25分前
でもマジおいしかった。カップケーキ。作ってるとこ想像するとウケるけど。

――サヤ　@sayaya_lonely13　23分前
懐かしいおかあさんの味。
ありがと。

ギャル姪の生態 2

第四話　距離感

美雨《みう》は姉ちゃんに連れられて実家——俺の住む家に遊びに来ることが多かった。一方でその逆も然《しか》り。孫の面倒を見たがる両親が、美雨や姉ちゃんの住む家にお邪魔することも少なくなかった。

俺は当時中学生で部活もやっていたから、時間を作るのがちょっと面倒で断ることもあった。けど「ついでに外食してくよ」と言われれば、ついていく以外に選択肢はない。だって飯がないんだから。

美雨たちの家にお邪魔して軽く挨拶を交わしていると、子ども部屋の引き戸がスタン！ と開いた。

「お祖父《じい》ちゃん！ お祖母《ばあ》ちゃん！ 叔父《おじ》ちゃん！」

キラキラと目を輝かせていた美雨だったけど、すぐ姉ちゃんに叱られたっけ。ドアは静かに開けなさい、音がうるさいから、と。

「ごめんなさい」

美雨は素直な子だった。それは喜怒哀楽すべてがそうだった。俺みたいに、多感な時期に差し掛かってしまっていた人間が直視するには眩《まぶ》しいぐらい、真っ白な光そのもの。

まだ何色にも染まっていないし、これから何色にでも染まることができる純白。

だから、怒られたあともすぐに表情を切り替えることができた。

「ねえねえ、叔父ちゃん」

「ん？」

名を呼ばれて視線を落とすと、美雨はなぜか腕を大きく広げて仁王立《におうだ》ちしていた。

「どした？」

「ん！」

「いや、だからなにを――」

「んっ！」

言葉で言ってくれないとわからないんだよなぁ、と困っていると、姉ちゃんがボソッと俺に耳打ちしてくれた。なんでも最近、おかえりのハグにハマっているんだとか。

「なんで？」

曰《いわ》く、家で観た子ども向けの洋画に触発されたんだそうだ。

確かに向こうはそういう文化があるもんなぁ、と思い返したが、だとしても影響受けすぎじゃないだろうか、と心配にもなった。

でもいまなら、子どもってそういうものなんだろうな、とわかる。

「ん～んっ！」

相変わらず大の字で立ったままの美雨は、だんだん不機嫌になりつつあった。いつまでもハグをしてくれないことに拗《す》ね始めていた。

俺は美雨の前でかがむと、彼女の胴に腕を回してそっと抱き寄せた。

美雨《みう》も、小さく短い腕を精いっぱい、俺の背中に回してくれた。

「んへへ～」

耳元で発せられたなんとも形容しがたい、けど実に満足そうな笑い声はくすぐったくて。

うれしそうな美雨がかわいいあまり、俺はまるで犬をあやすみたいに、彼女の頭をわしゃわしゃと撫《な》でてあげた。

＊＊＊

伯母《おば》夫婦の元を飛び出した美雨と同居をし始めて、最初の平日がやってきた。急な環境の変化でなにかとバタついた気のする週末だったが、ここから心機一転。

出社の支度を整えて玄関に向かうと、美雨が見送りに来てくれた。彼女も一限からだが、まだ少し時間に余裕があるそうで、洗濯機を回してから出るという。

やはり美雨と俺とでは生活のリズムが微妙に違うな。

俺は準備していたものを、玄関横のラックから取り出して渡した。

「これ、渡しておく」

手のひらで光る真鍮《しんちゅう》を見ながら、彼女は目を点にしていた。

「合鍵？　いーの？」

「いいもなにも、なきゃ部屋出入りできないじゃん」

朝に限らずだ。夜、美雨のバイトがないとき、ほぼ確実に俺のほうが遅れて帰宅することになる。それまでの間、鍵がなければ家には入れないわけで。

逆にどうするつもりだったんだろう？

「叔父《おじ》さんが帰ってくるまで、どっかお店で暇潰《つぶ》すつもりだった」

「そんな金の使い方してたら、いつまでも貯《た》まんないぞ」

決して高くないとはいえ、そういう出費は塵《ちり》積もで膨らむからな。

美雨は黙って鍵に視線を落とした。キレイなネイルの施された指先が、表面の凸凹を撫でる。まるでなにかを噛《か》み締めているかのような、あるいは受け止めることを躊躇《ためら》っているかのような。そんな、どちらとも取れてしまう所作の果てに、美雨はゆっくりと鍵を握った。

「……てか、準備よくてウケるんだけど。いつ作ったの？」

「もともと準備してあった予備だよ。入居のとき、ふたつ作ってあったうちのひとつ」

「女の人用ってこと？　カノジョとか、通い妻とか」

「いや、そういうんじゃなくて。てか通い妻って、どういう発想で出たの……」

「勝手に出入りしてお世話してくれる女の人、的な」

「だとしたらなおさら、そういうののために用意した鍵じゃない。本当に、単なる予備」

「焦ってて草」

「美雨《みう》が変なこと言うからだろ？　……ったく」

たまにこの子は、発想が変だ。どういう思考法でそれが出てくるんだろう？

不思議に感じながら、靴に足を収める。

「んじゃ、戸締まりだけよろしくな」

玄関の戸を開けると、重たい空気がじとりと頬を舐《な》めた。

不快だ。いつもなら、一瞬で嫌気のさしてくる梅雨空。いまにも降り出しそうな灰色。

だけど。

「……いったっさい」

そう、不慣れな挨拶が背中から聞こえてきた。

誰かに見送られて家を出るのは、久しぶりだな。

それだけでも不快感は消し飛ぶんだから、不思議なことだ。

「いってきます」


都内は山手線の内側に俺の勤め先はある。専門広告代理店と呼ばれる職種だ。

特定分野の広告制作に特化した代理店のことで、うちは特にウェブ広告に強い。業界内でもそこそこ認知度が高く、ありがたいことに絶えず仕事が回っている。

ちなみに、芸能人やインフルエンサーとお付き合いがあるかと言われると……残念ながら、年に数回ご一緒できればいいぐらいだ。そのあたりはテレビCMなども企画する大手の総合広告代理店さんクラスじゃないと。

その分うちは、他の制作系の職場と違い、社内全体が和気あいあいとしている。

忙しいのは間違いないが「作り手が楽しめなくちゃいい広告は作れない」を社訓にしているだけはある。……修羅場を除いて、だけど。

そんな中、俺は後輩の用意したプレゼン資料を確認していた。

「……で、そうするとここの【対応策】の部分、もっと根拠のあるデータを並列させたほうがいいってわかるだろ？」

「確かに……」

俺のデスクの傍《そば》で立ったままメモを取るのは、部下の宮野梨花《みやのりか》。入社二年目で、まだまだフレッシュさの抜けない女性社員だ。

やや暗めの茶髪は、肩にかかるセミロング丈。毛先が少し内向きに巻かれているので、全体的に丸っこい印象を与える。

実際小柄で、教育を受けながら仕事をしている二年目というのもあり、どこか犬っぽく感じるときもある。……なんて言うと、今日日《きょうび》セクハラになるんだろうか。

「あとここ。文字情報ばっかだけど、もう少しイラストを使って工夫できるといいよな」

「う。やっぱそうですよね……」

痛いところを突かれた、といったような顔つきだ。

すなわち、本人も自覚はあった、ということ。

「気づいてたなら直せばいいのに。間に合わなかった？」

「いえ、提出して少ししてから、『あっ』って。はぁ……なんでいっつも『ああすればよかった』ばっかなんだろ……」

シュンと落ち込む姿は、やはり、耳も尻尾《しっぽ》もぺたんとしている子犬みたいだな。

「二年目なんてそんなもんだから。むしろ自分で気づけてるだけマシだ。資料は基本線、よくできてるよ」

「せんぱ〜い……！」

と思ったら、今度はこの子犬、尻尾をぶんぶん振って近づいてきた。変わり身が早い。

しかも、グッと肩に摑《つか》みかかってくるから痛いのなんの……。

「先輩のその、指摘するところはキチッとしつつ甘やかしてくれる優しいとこ、めっちゃ好きです！」

「なんだ、その言い方。人を甘いやつみたいに……。調子に乗るならもっと厳しくいくぞ？」

「それは嫌ですっ」

「きっぱり言うな」

「私、甘やかされて育つタイプなんで」

「自分で言うとクズに聞こえるからやめとけ？」

「失礼しました。甘やかしてくれる上司が好きなんで」

「どクズだな」

無遠慮ここに極まれり、だ。まったく。いっそ清々《すがすが》しいよ。

でも、自分の欲とか性質をここまでオープンにできると、それはそれで生きやすいのかもしれないなぁ。

別に誰かと比べてるわけではないけれど。

……と弁明する時点で、比べてしまっているのかもしれないが。

「晃《あきら》さ～ん。ズルくないっすか、梨花《りか》ちゃんばっかりぃ」

そう気色悪い猫なで声を上げるのは、デスクの正面に座っている部下の広川健司《ひろかわたけし》だ。

「オレも予算の算出がんばったんすよ？　自社の過去データ引っ張ってきて、他社比較もして……数字苦手すぎて知恵熱出たんすよ？　もっと褒めてくださいよ～」

「そんな大変な仕事でもないだろ、新規事業の収支計画作るならともかく」

健司は俺の二歳年下の後輩だ。梨花よりもうんと明るい髪色で、いかにもおちゃらけた風貌をしている。

まあ、そのあたりは言動からもお察しだろう。シンプルに言えばお調子者。

「で、ガントチャート作って先方に確認してもらう手はずだったけど、そっちは――」

「もう終わりましたよ？　たぶん今日あたり返事が……あ、ちょうど来た」

社内の業務用で使っているチャットツールを確認する。

見ると、クライアントと繋《つな》がっている別のチャンネル内に、新規のメッセージが届いていた。

提案したスケジュールに関して、問題ない旨の連絡だった。

「ほらぁ。褒めてくださいよぉ」

こんなチャラついてるふざけたヤツなのに、仕事はバリバリできるんだよなぁ……。

だから余計、扱いに困る。お調子者だけど優秀というやつが一番厄介だ。

「わかったわかった。大したやつだよ」

褒められて「うぇ～い♪」とはしゃぐ健司《たけし》は、大学生みたいに見える。いや、二十四歳なんてそんなもんか。

と妙にじじ臭い思考がよぎり、慌てて我に返る。待て待て。俺だってまだ、今年二十七になる二十六歳だぞ。大差ないだろって。

精神年齢の差ということにしておこう。

専門広告代理店は総合広告代理店と違い、プロジェクトひとつひとつの規模感はそこまで大きくない。

俺がプロジェクトリーダーを務めるこの案件は、後輩の健司と梨花《りか》とで回していた。

リーダーとしては、なんでこう調子のいい人間ばかりが集まってきたのかと頭を抱えている。

じゃじゃ馬をうまく扱えるというのが、俺の社内評価なのだろうか。

喜ぶべきか、都合よく使われているだけと憤《いきどお》るべきか……。

ため息をつきつつ時計に目をやる。針はちょうど昼どきを指していた。

「一段落ついてるなら、昼でも食いに行こうか」

と、立ち上がった瞬間。

「「ゴチになります！」」

「なにも言ってないだろ」

キレイに被せてくるんじゃないよ。事前に打ち合わせずみか？

「俺はただ、食いに行こうかって言っただけで……」

「先輩が部下を飯に誘うときは、奢《おご》ってもらえるとき……ってデータがあるんすよ。知らないんすか？」

「初耳だよ。そんな都合よく解釈されてたら、こっちの財布が持たん」

「大丈夫です、安心してください！　私、奢られ上手なので」

「なにが大丈夫で安心なんだ」

「高いものは注文しません」

「当たり前だ！」

ドヤ顔するようなことか。聞いた俺もバカだったけど。

「え……オレ、今日は近所の蕎麦《そば》屋の、鴨《かも》せいろエビ天丼セットのつもりだったんすけど」

「よく食えるなその量……」

健司《たけし》もこういうときは無遠慮ここに極まれり、だ。

だいたい、絶対に午後眠くなるやつだろ、それ。まあ健司が仮眠取ってるところなんて、一度も見たことはないんだけど。

「せんぱ～い……私、奢《おご》ってもらえたらもっとがんばれると思います～」

「俺も～。先輩が奢ってくれたら、もっとがんばろうって思えると思います～」

「せめて『がんばります』と断言してみせろよ」

なんだよ「思います」って。交渉するなら確約しろよ……。

健司に至っては「思えると思う」って……不確定すぎるだろ。ふざけてるのか？　いや、ふざけて言ってるのか。

手を組んで懇願の目を向けてくる部下二人。

なんでこんな展開になっちゃうかなあと、ため息は自然に漏れていた。

「……蕎麦は二八だぞ」

そんなこんなで、会社近くの蕎麦屋にやってきた。オフィス街の店にしては珍しく、手打ち蕎麦がいただける個人経営店だ。店内はこぢんまりとしつつも、昔ながらの蕎麦屋らしい和の趣に富んでいる。

奥のテーブル席に通され、お品書きを見ながらそれぞれメニューを決めていく。

俺は江戸前天せいろ、健司は当初の宣言通り鴨せいろのエビ天丼セットを注文。ちなみに当然、健司のほうが金額的には高い。

一方の梨花《りか》は、安価なランチ蕎麦セットだった。ざる蕎麦に季節野菜の天ぷらと小鉢、蕎麦茶プリン付きのランチ限定セットメニュー。調子のいいことを言っておきつつ、宣言通り本当に高いものは頼もうとしなかった。

調子に乗りきれない控えめなところが、健司とは違うな。奢られ上手というのは、あながち間違っていないような気すらしてしまう。

注文をすませ香ばしい蕎麦茶を啜《すす》りつつ、他愛《たわい》もない雑談に花を咲かせること数分。

届いた蕎麦に舌鼓を打ちながら、やがて話題は健司の私生活に移っていた。

「へぇ。じゃあ基本、台所周りは彼女さんの領域なのか」

「そうなんすよ。一応俺も、せめて洗いものぐらいはちゃんと手伝うから、って言ったんすけどね……。『洗い方雑すぎ！　任せられない！』って仕事奪われちゃって」

健司は現在、彼女さんと結婚を前提に同棲中だった。

といっても、ほぼ婚約に近い状態らしい。両親との顔合わせもすんでいるそうで、籍を入れるのも秒読みだろう。

「オレの厚意が空回った結果、相手を怒らせちゃう……ってのが申し訳なくって。どうしたらいいんすかね」

厚意が空回って、か。自分にも刺さる話だから耳が痛い。難しいところだな。『厚意でやろうとしただけなのに』なんて絶対言えないし。

「見守ってあげるしかないんじゃないですかね?」

横からスッと梨花《りか》が入ってくる。

「彼女さんなりのやり方とかポリシーがあって、でもそれが広川《ひろかわ》さんと合わない。なら下手《へた》に手を出すんじゃなく、見守って寄り添ってあげるだけでいいと思いますよ」

「やっぱそうなんすかねぇ」

「そういうもんすよ。広川さんの厚意そのものは、ちゃんと伝わってると思うっす」

健司《たけし》の口調にあえて寄せてる梨花は、一見、茶化しているようでもあった。

けどアドバイスそのものは的を射ているように思う。女性目線の意見だからそう感じるんだろうか。

俺はどうだったかな……と自分を振り返ろうとして、ふと気づく。

同棲中の彼女がいる健司と、女性目線で意見の言える梨花。

美雨《みう》との同居生活に関する注意点とかを訊《き》くのに、うってつけじゃないか？

さりげなく、話を振ってみようか……。

「健司はさ。彼女さんと同棲するにあたって、他になにを気をつけてるんだ？」

「——え!?」

まるで幽霊でも見えたかのように驚かれた……。

「な……なんだよ」

「晃《あきら》さんのほうから色恋系の話を広げてくること、いままでなかったんで……」

「いや、そんなことない……」

……こともなかったな。

俺のこれまでの恋愛遍歴にあまりいい思い出がないからだろうか。人の話を聞くことは数多《あまた》あるけど、自分の色恋話を自ら口にすることはほとんど——、

「いやそもそも、色恋じゃないからな、これは」

「どこがっすか！　同棲で気をつけてることなんて、色恋以外の何ものでもないっすよ」

健司はめちゃくちゃ前のめりだった。話題に対してもそうだが、姿勢も。こっちの目を覗《のぞ》き込まんという勢いで、俺はつい反射的に身を引いた。

「もしかして……できたんすか、彼女」

「——え!?」

今度は悲鳴みたいな声が上がる。

目を向けると、梨花《りか》が俺を見て驚いている様子だった。

「それ、どういうことですか？　詳しく!!」

なんでそんな食い気味？

だいたい、他にも客のいる店内なんだからもう少し静かにしろよ……。

「彼女なんてできてないから。姪《めい》っ子がうちに居候することになっただけ」

「姪っ子？　晃《あきら》さん、姪っ子がいたんすか？」

「義理のな」

「義理の姪？」

あまりピンと来ていない様子のふたりに、俺は事情を説明した。

美雨《みう》にとっては辛《つら》い境遇だし、それを無許可に言いふらすものでもないので、細かいところは省いたけど。

ある程度前提を共有しておかないと情報交換にならないから、しかたない。

「……姪っ子さんももちろんっすけど、晃さんも何気にヘビーだったんすね……」

「俺はいいんだよ、別に。もう気持ちの折り合いもついてるし」

当然辛かったし、大変ではあった。姉ちゃんが亡くなった直後とか数年は、自分だけでなく親のメンタルを気にする時間も必要だったから。

けどさすがに十年が経った。最近は感情の向け方もコントロールできるようになったのか、両親もだいぶ落ち着いてはきたと思う。

「で、そういうわけだから、親戚とはいえ女の子と同居するに当たって、現在進行形で同棲してる健司《たけし》の話を参考にしたいんだ」

「そうっすねぇ、気をつけてること……。親戚なんすもんねぇ」

うーんと悩む健司。

普段はおちゃらけてるくせに、こういうときはしっかり考えてくれるんだよな。

ふざけてるように見えて、やっぱり根は──、

「風呂を覗《のぞ》かないとか？」

「ふざけてんのか？」

人として当然の倫理観だろ、そんなのは。

「ふざけてないっすよ！　オレ、彼女だし冗談の範疇《はんちゅう》でしょって風呂覗いたら、ガチ説教食らったんすから」

そりゃそうだろうに。

「……さいってー」

「うえぇ……？　マジ？」

梨花渾身《こんしん》のジト目を食らって、さすがの健司も自分のヤバさを自覚してくれたらしい。

「え、えぇっと……エロい系のグッズは隠しても無駄っすよ。すぐ見つかります」

「健司《たけし》って本当は中学生なんじゃないか？」

この年で同棲の注意点にそれ必要か？

そもそも、部屋に実物なんて置いてあるわけないだろう。令和だぞ？

最近はどれも電子書籍か配信――げふんげふん。

「あと、作ってもらった料理は好き嫌いせず完食する、『行ってきます』『ただいま』『おかえり』『おやすみ』の挨拶は必ずする、トイレは使った人が使った直後に軽く掃除する……」

「健司って実は小学生だったのか？　さっきから当たり前のこと過ぎて……」

「違うんすよ！　そういう細かい『当たり前』を当たり前にこなすことが、結局一番大事ってことっすよ」

あー、なるほど。

それは確かに、一理あるかもしれん。

「逆にそれさえできていれば、あとはどうとでもなるというか……」

「広川《ひろかわ》さん、どうともなってなかったから悩み相談してたんじゃないんですか？」

梨花《りか》の鋭い指摘が炸裂《さくれつ》する。容赦ないな……。

「それはそうだけど……。どうともならないのは、たまにっす。てか晃《あきら》さんは、なんでそんな気にするんすか、注意点」

「そりゃあ、姪《めい》を一時的に預かってる身だし。同居におけるマズいこととか、やってしまいたくないだろ」

美雨《みう》の寄る辺は、いまのところ俺しかいないような状態。その俺が「よき叔父《おじ》」でなくなった瞬間、美雨はどうなる？　また独りになってしまう。

美雨がこれまで関わってきた親族は、そういう、取り返しのつかない失敗を数多《あまた》してきた。

彼女はその被害者といってもいいぐらいなんだ。

だからせめて俺だけは、失敗のない大人として寄り添ってあげないといけない。

それは叔父としての義務感でもあるが……彼女の危なっかしさには、どことなく心当たりがあるからだった。

「でも、広川さんの言うとおりだと私も思います」

梨花の言葉に「そうなのかな」と返す。

「はい。姪っ子さんがいままで享受できなかった『当たり前』を、当たり前のように与えていく。押しつけがましくならないように。それだけで十分だと思うんですよね」

なるほどな、と梨花の言葉が浸透していく。

ここ数日、俺が美雨とのコミュニケーションに苦戦していたのは、変に特別なことをしてあげようとしすぎていたからなのかも。

……つまり昨日は、カップケーキを作って労《ねぎら》うという、おそらく普通の叔父と姪の『当たり前』らしからぬアプローチをしていたってことか……。

時すでに遅し。気づかなかったことにしよう。

「先輩？」

昨日の失態に顔でも引きつっていたんだろうか。梨花《りか》が心配そうに覗《のぞ》き込む。

「いや、大丈夫。ふたりとも、参考になったよ。ありがとな」

店員さんが運んできてくれた蕎麦《そば》湯を蕎麦猪口《ちょこ》に入れて、クッと飲む。

「あ、そうだそうだ」

そろそろ会計しようか、と言いかけたタイミングで、健司《たけし》が口を開いた。

「もう一個、必ずやることあったっす」

「へぇ……。どんな？」

「彼女のほうが遅れて帰ってきたときは、必ず出迎えてハグするんすよ」

「ハグ？」

「おかえり〜おつかれ〜って言ってギュウ〜っす。スキンシップは大事っすよ」

なるほど……ハグとスキンシップか。

「えぇぇ……。恋人同士ならまだしも、親戚相手にそれします？」

「家族なら、しても不思議じゃなくないっすか？」

梨花と健司とで見事に意見が割れる。

この辺は家庭環境や、価値観を築くプロセスの違いによって、てんでバラバラだろうな。

「うーん……姪《めい》が子どもの頃はそれこそ、手繋《つな》いだりハグは普通にしてたけど……」

「成人してたら、さすがに鬱陶《うっとう》しいだけですって」

「いやいや、そこは愛っすよ愛！」

「……まあ、するかどうかはともかく。ちょっと頭に入れとくよ」

体よく保留ということにし、午後の仕事に向けて店をあとにする。チラリと厨房にいるのが見えた大将に「ごちそうさまでした」と声をかける。

健司と梨花も同様に、大将へ「ごちそうさまでした！」と一言。

そして店を出てから、俺にも「ごちそうさまです！」と頭を下げた。

確かにこうした当たり前を当たり前にこなすというのは、人間社会において、それこそ『当たり前』のことだと思う。

それを崩さなければ、大抵の状況は収まるところに収まるという趣旨のふたりの主張は、間違っていないんだろう。

一方で『当たり前』だからこそ、なんとなくの惰性でこなしてしまうことも多い。

そこを今回、明確に自覚できたのは収穫だ。自覚できたことは、自分にしっかり落とし込むことで再現性も高められるし。

改めて、美雨《みう》とのコミュニケーションはこの『当たり前』を大事にしていこう。

……と、昼間は決めたものの。

夜。もうすぐ美雨《みう》が帰ってくるという頃合いになると、妙にソワソワしだしてしまった。

自分の中で立てた美雨お出迎えプランが、どういう結果になるのか。クライアント相手にプレゼンする直前と似た緊張感が、ずっと俺の背筋を伸ばしていた。

風呂の準備など家事をしつつ、バイトで帰りの遅い美雨を待つ。

玄関のほうから鍵を開ける音が響いてきて、俺は「よし」と息を吐いてリビングを出た。

「……ただいま」

「おかえり、美雨っ！」

控えめに言いながら帰ってきた美雨を、わざとらしくない範囲に明るく出迎えてみる。

そうして周囲に広がる、絶妙な『間』。無限にも等しい数秒を経て、

「…………どしたん」

「いや、学業に労働にとがんばった姪《めい》っ子を、叔父《おじ》さんが労《ねぎら》ってあげようと思って」

そして両腕を広げると、

「さあ、おいで美雨！」

健司《たけし》の言っていた、おかえりのスキンシップ！

……を、試みてみたのだが。

「シンプル嫌なんだけど……ウチ、いま絶対汗臭いし」

スンとした表情で流すと、美雨はスタスタと寝室へ入っていく。

「そりゃそうか……」

いや、うん。ちょっと考えればわかりそうなことだよな。今日、蒸し暑かったし。

……切ない。

とぼとぼとリビングに戻ると、ソファーにボスッと寝転んだ。

緊張の糸が途切れたのか、はたまた健司のアドバイスのアホさ加減に気づいてしまったから
なのか、なんだか全部がどうでもよくなってしまったな。

テレビをつけて寝転びながら眺めていると、しばらくしてドアが開き、スリッパの足音が入り込んできた。

足音の主である美雨は、冷蔵庫を開けてなにかをしている。大方、買ってきたものをしまっているか、取り出しているかだろう。

「お風呂、先入ってもい?」

「ああ。俺はもう入っちゃったから。気にせず好きなだけ浸かっててていいよ」

「ん。りょー」

やがて美雨は、冷蔵庫のドアを閉める。そのまま脱衣所へ向かう……と思い、めちゃくち

や油断していたときだった。

「——冷たっ!!」

急に刺すような冷気が頰に当たった。

思わず、陸地で暴れる魚みたいにビクンと跳ねてしまった。

「ウケる」

「急に変なことするからだろ?」

だいたい、ウケるならもう少しウケたような顔をしてくれよ……。

「叔父《おじ》さんだって変なことしようとしてたじゃん?」

「……ぐうの音も出ません」

ふと、なにが頰に当たったのかと探ってみる。

美雨《みう》はアイスクリームのカップを手に持っていた。それが冷気の正体だ。

「買ってきたのか?」

「バ先でもらった。一応、叔父さんの分もあって。食べる?」

「いいね、食べよう!　なんなら一緒に!」

ナイスな提案だ。

スキンシップこそ図れなかったが、同居人……いや、家族との団らんの時間として、これほど最適なものはない。

まぁ、そう思うなら俺が会社帰りに買ってこいよって話なんだけど……。

「なに味があるのかな～」

つい子どもっぽくウキウキしてしまった俺……だったが。

「あ・と・で」

美雨にグイッと体を押さえられてしまう。

「ウチと一緒に食べるなら、お風呂終わるまで待ってて」

「…………はい」

美雨は「よし」と小さく頷《うなず》くと、アイスを冷凍庫にしまいリビングをあとにする。

要するに俺はいま、姪《めい》っ子から『待て』をされている？

……南雲晃《なぐもあきら》、二十六歳。美雨との続柄は、義理の叔父……兼、犬。

まさかギャルな姪っ子に犬扱いされる日が来ようとは、思いもしなかったわ。

●とある裏アカのつぶやき

——サヤ　@sayaya_lonely13　12時間前
ウチのために作ったのかな。合鍵。やっぱやさしい。こっちがしんどく感じるぐらい。

——サヤ　@sayaya_lonely13　18分前
叔父《おじ》さんち帰ってきた途端、なんかハグされそうになった。やらしーやつじゃなくて家族的なやつね。洋画とかの。

——サヤ　@sayaya_lonely13　17分前
ビックリして断っちゃった。叔父さん落ち込んでた。マジごめん。気持ちだけ受け取っとく。いまは。

——サヤ　@sayaya_lonely13　10分前
いつか、子どもの頃みたいに、自然にハグできるようになるんかな。

幕間

スマホのアラームが唐突に鳴り出し、ウチはハッとなる。

大学の課題に鋭く向かっていた意識が、一瞬で解かれる。真っ白なガーゼにうっかり一滴の墨汁を零《こぼ》しちゃったみたいに、全身の感覚がジワジワッと戻ってくる。

一息ついてアラームを止めた。リセットされたタイマーは、次の五十分のスタートを待っている。

五十分集中して、十分休憩。これが、ウチにとって一番集中できるリズムだった。

受験のときにはポモドーロ法とかってのを試したこともあったけど、二十五分ごとに手を止めるのがウチには合わなかった。集中し始めてアクセル踏み込んだ途端ブレーキかけなきゃいけないことが多く、そのあと集中し直すのが却《かえ》って大変に感じていたから。

いろいろ試したおかげで、いまではしっかり集中して勉強に向き合うことができている。けど集中しすぎたせいで、遅い時間になってたことには気づけなかった。夜中の二時過ぎ。さすがにそろそろ寝ようかな。明日も学校あるし。

聴いていた音楽を止めて、有線イヤホンを外す。座ったまま伸びをしてから立ち上がると、歯を磨くため寝室を出た。

誰かの話し声が聞こえてきたのは、そのときだった。

リビングのほうからだ。叔父《おじ》さんが電話でもしてるのかな。

でもこんな時間に？　規則正しい生活をしてる叔父さんは、いつもこの時間には寝てる。

リビングのドアの真ん前まで来て、耳を澄ませる。

確かに話し声がする……けど、なんかおかしい。叔父さんしかいないはずのリビングから聞こえてくるのは、明らかに女の子の声だけ。

なんだろう？　とドアノブに手をかけた――瞬間、絶対に開けちゃダメだと思った。

ウチがこの家に住まわせてもらうようになって、今日で五日。

寝室こそ分かれてるけど、ほとんどプライベートな空間なんてない。

そんな中であっても、特に男の人は、定期的にひとりで発散しないといけないアレを抱えているわけで。

もしかしてもしかしなくても、いま聞こえているのはそーゆー系の動画で……？

……うん、引き返そ。それが大人同士のマナーってやつだ。むしろウチがいつまでも居座ってるからいけないんだし。気まずくなるのもヤだから、そっと歯だけ磨いて――、

『ナマ言ってんじゃねぇぞクソアマァ!!』

「――っ!?」

び……っくりしたぁ。

え、なになに？　めちゃ女ヤンキーみたいな声したんだけど……。

しかも銃声っぽい音までしてるし。

引き返すと、ドアの向こうでは女の子の悲鳴やら怒号やら銃撃戦っぽい音やらがガンガン鳴

ってた。

どうやらそーゆー系じゃなくて、普通に映画かなんかっぽい。

ちょっと安心。けどさすがにこの音量は近所迷惑じゃない？

そっとドアを開けてリビングに入る。テレビやソファー近くの間接照明が灯ってるだけで薄暗い。けど、その暗さがテレビの画面を際立たせていた。

アニメだった。

メイド服を着た女の人たちが大勢、なんでか銃を撃ち合ってる。

……どーゆーお話なん？　しかもフツーにばんばん血流して死んでるし。

叔父《おじ》さんはその映像を、ソファーに座って微動だにせず眺めていた。

「……ん？」

いや、たぶん違う。

ウチはゆっくり音を立てないように近づき、パジャマ姿の叔父さんの横顔を覗《のぞ》いた。

寝てるし。

アニメ観ながら寝落ちしてるし。

てかこんだけ激しい銃撃戦と悲鳴が聞こえる中でよく寝れるなこの人。

……変なの。マジウケる。

とりま、音だけは少し小さくしておこ。リモコンを操作して、いまの半分ぐらいの音量にしておく。

去り際に、もう一度叔父さんの寝顔を見る。

叔父さんは、変な人だ。変わってる。

それは別に、いまこの状況だけを指して、そうゆってるんじゃなくて。

例えば過剰なくらいウチのこと心配したり。

過剰なぐらいウチのことを考えて張り切ったり。

カップケーキ作って待っててくれた夜とか、さすがにマ？　って思ったもん。あんなことまでする人、お父さんお義母《かあ》さん以外いままで出会ったことがない。

いや、する人ってゆーか……してくれる人、かな。正しくは。

心配も労《ねぎら》いも、してくれることがこんなうれしいんだなって。あの夜、久しぶりにそう感じた。実際、カップケーキはマジ美味《うま》かったし。

思い返せば、叔父さんって昔からそうだったかもしれない。

子どもの頃にウチと遊んでくれた叔父さんも、優しいお兄ちゃんみたいな人だったし。ウチが楽しめるよう、仲良くできるようにって、張り切ってたもんなぁ。

ソファーの横にしゃがみ込んで、叔父さんの寝顔を眺める。

すっかり大人の顔つきになってた。顔の輪郭はちょっとゴツゴツしてるし、テレビの明かりでわかる程度には無精髭《ひげ》も生えてる。思い出の中にいる叔父さんとは大違いだ。

でも、中身はあまり変わんないまま。そのギャップが、やっぱりなんか、変な人って感想に落ち着いちゃう。

「……んん……」

不意に叔父《おじ》さんが身じろぐ。

ヤバ。気配に気づいて起きちゃうかも。眺めてたところを見られるとか気まずすぎる。

そっとリビングをあとにして、当初の目的だった歯磨きのため洗面所に。

歯ブラシを取りつつ、不意に、洗面台に映った自分と向き合う。

ショートボブの金髪に黒のインナーカラー。

髪色も顔つきも、体つきすらも。叔父さん以上に、昔に比べて大きく変わった。

笑い方だって下手《へた》クソになった。子どもの頃みたいな笑い方は、きっともう、できない。

「…………」

試しに、指で口角を上げてみる。

ニコーッと笑った顔を、作ってみる。

作り物。偽物。形だけをマネたに過ぎない薄気味悪さが、そこにはあって。

「……似合ってなくてバカウケる」

てか何してんだろ、ウチ。ひとりで、鏡の前でさ。はっず。

こうやって向き合えば向き合うほど、叔父さんの思い出の中にいるだろうウチとは、似ても似つかないって思い知らされる。

中身だってこんなんだし、もうそれ別人じゃんね、って感じ。

なのに叔父さん、よくウチだって信じて迎えてくれたよね。

しかも、いまのウチを見ても、変なふうには思ってないっぽいし。

——本人が好きでそうしてるなら、尊重する派。

かといって、あの人たちみたいに無関心というわけでもなくて。

むしろ……。

——キレイだし、似合ってると思うよ。

「…………」

歯磨き粉をつける手が、不意に止まる。

あれって、どーゆー意味でゆってたのかな。

同性以外からメイク褒められることがほとんどなくて、けっこうな不意打ちでビビった。

けど、うれしかった……とも、思う。あのときは。

単なるお世辞なのか。興味がなくても、あーゆーことをスラスラ口にできる人なのか。

……いや、叔父さんの性格的に、そのどちらでもない気がするな。

気前のいいお世辞がゆえるほど器用じゃないと思うし、心にない適当なことをスラッと口にできるほど無礼でもないだろうし。

じゃあやっぱ、本当にそう思ってゆってくれてたのかな。だとしたら……。

「……ヤバ。なんか恥っず」

つい漏れ出てしまった。

でも、やっぱ叔父《おじ》さんはそーゆー人なんだ、昔から。相手の触れてほしくないところにはけっして触ろうとしないし、否定か肯定かはともかくちゃんと受け止めてくれる。

——だからこそ。

その優しさに、居心地のよさを感じている自分がいて。

ただただ、申し訳なくもなってくるんだ。

ときどき思うことがある。そのたびにウチは自分に問いかけている。

なんでウチは、ここにいるの？　いつまでいるつもりなの？　って。

ウチは、自分の感情に従って家を飛び出してきた。

あの人たちと一緒の空間が我慢できなくなったって、明確な理由はある。けど端から見れば、自分の意思と都合で動いただけ。それも急に、ノープランで、わがままに。

そんなウチを、叔父さんは無条件で迎え入れてくれた。

戸籍上は姪《めい》ってだけで、血の繋《つな》がっていない他人なのに。

本当は面倒に思ってるんじゃないのかな、ってウチの戸惑いを、昔から変わらないその優しさで包んで。

「……甘え……じゃんね」

鏡の向こうのウチに言われたみたいで、自分の言葉がずしんとのし掛かる。

ただ顔を見ときたかっただけなんだ。

そのために、ちょっと会っておきたかっただけ。長居するつもりなんてなかった。

ホテルやネカフェに泊まる。

ナンパや神待ちで会った男と、体を許す代わりに宿を確保する。

選択肢なんて他にいくらでもあった……はず、なのに。ウチはそれを選ばなかった。

叔父さんの変わらない優しさがうれしくて。そして心地よくて。

ウチは結局、甘えてしまっている。情けなさすぎて草も生えない。

「早く貯《た》めなきゃな、お金」

いますぐここを出ることはできる。

でもきっと叔父さんはウチを放っておかない。叔父さんの中のなにかを犠牲にしてでも、ウチを捜して止めにくる気がする。自惚《うぬぼ》れかもしんないけど。

そんなの、余計に迷惑かけちゃって申し訳ないし。納得してもらったうえでこの家を出るためにも、早く一人暮らしの資金貯めなきゃな。

時間の猶予はけっして多くない。

いつどんなキッカケで、叔父さんから出ていくよう言われるかだってわからないんだ。

甘えておいて都合がいいって、自分でも痛いぐらいわかってる。

他人に期待するのをやめたくせにって、自分でも思う。

けどウチにとっては叔父《おじ》さんが――彼の優しさが、最後の寄る辺だから。

その居場所からも否定され、放置され、拒絶されるぐらいなら……。

自分の意思で去るほうが、ずっと、悲しみも寂しさも少なくてすむ。

うがいと共に吐き出した泡が、排水口に吸い込まれていく。

ぐるぐると、ぐるぐると……。

まるで、思考も行動も定まってない自分自身のように思えて――気持ち悪くなった。

「……寝よ」

長めに息を吐く。うん、だいじょぶ。落ち着いた。

寝て起きちゃえば、やらなきゃいけないことに忙殺されて考えなくてすむ。

洗面所を出て、もう一度、リビングのほうに目をやる。

閉じたドアの向こう、未《いま》だにアニメの音声がうっすら聞こえてくる中で、寝落ちしちゃっているだろう叔父さんを思いながら、

「……おやすみ」

まだ面と向かってうまく伝えられない言葉は、意外なほどスルッと口から漏れた。

第五話　姉ちゃんとお義母さん

一言に活発・やんちゃといっても、子どものそれは非常に多種多様だろう。

運動的な意味で体を動かすのが好きな子どももいれば、ひたすら落ち着きがない子どももいるだろうし、自分の要求を体いっぱいで伝えようと動きが大きい子どももいる。

幼児園児の頃の美雨《みう》は、どちらかと言えば最後のタイプだった。

「や〜だ〜！　みうもしたいしたいしたい〜！」

そうわがままを言いながら美雨がドタドタと地団駄《じだんだ》を踏んでいる理由は、通話中の姉ちゃんにあった。

その日は両親の結婚記念日で、夫婦水入らずで一泊二日の旅行に出かけていた。姉ちゃんがもろもろ準備した旅行だった。

俺はといえば、家にひとり残すのはちょっと心配だからと、姉ちゃんの家に泊まらせてもらうことになった。

夜。観光を終えて無事に宿に着き、夕食などをすませたあと、母は姉に電話を入れた。今日のことのお礼を言うためだ。

姉ちゃんは、いいからいいから親孝行だと思って……と言いつつ、満更でもなさそうに笑っていた。

問題はそのあとだった。姉ちゃんの電話の相手が母——つまり美雨にとって義祖母だとわかると、美雨も話したいとせがんだのだ。

最初はすぐに電話を替わってあげた姉ちゃんだったが、長電話になりそうだからと美雨からスマホを取り上げ、自分だけ通話を続けた。

その結果が――、

「みうももっとおはなししたいの～！　じーじとばーばとおはなししたいの～っ!!」

自分の要求が通らない怒りと悔しさを、全身全霊で姉ちゃんにぶつけていた美雨。大人になれば言葉巧みに要求を通すこともできるが、幼稚園児にそれは無理な話。故に体で異を唱えるしかない。

しかも、感情のコントロールも未成熟な子どもだ。声を張るだけでなく、次第に泣きべそもかき始めてしまった。こうなるともはや手がつけられない状態だった。

美雨のお父さんと俺とで宥《なだ》めようと試みたが、格ゲーの某投げ技キャラの回転ラリアットよろしく、俺たちは突き飛ばされた。いま思えば、あんな技どこで覚えたんだろう、と不思議でならないけど。

こりゃ参ったな、と思っていたとき、事故は起こった。

「――――ッたああい!!」

だだをこねていた美雨はその拍子に、近くの棚にかけてあった布を摑《つか》んで、引っ張ってしまった。棚の中身を隠すためにかけられていたその布は、平らなタイプの画びょうで留められていて、布を引っ張った拍子に外れてしまった。

そして運悪く、地団駄《じだんだ》を踏んでいた美雨《みう》のかかとが、それを踏んづけてしまったのだ。

大人でも痛くて声を上げたくなる怪我《けが》だ。当然、美雨は大声で泣き出してしまった。さすがのお父さんも狼狽《ろうばい》して、救急車を呼ぼうとすらしていたほどだった。

けど姉ちゃんだけは違った。冷静だった。

電話の向こうで不安になっていただろう両親へ端的に事情を説明すると、すぐ電話を切り、救急箱を準備。

救急車なんていいから美雨を押さえてて、と旦那に指示を出し、美雨に優しく声をかけながら画びょうを抜き取った。つぷぷと血のあふれ出てくる傷口をティッシュで圧迫止血。その間、ものの十秒程度。

母は強し……とはこのことかと、子ども心ながらに思ったのを覚えている。あまりの手際のよさに、かっこよさすら感じたほどだ。普段は俺のことをさんざんおちょくるくせに、ああいうときだけは頼りがいを感じさせるズルい人だった。

姉ちゃんはずっと、美雨に声をかけ続けた。びーびー泣きわめく美雨の足をさすりながら。

大丈夫、怖くないよ～。痛くないよ～。

すると美雨は次第に落ち着きを取り戻し、いつの間にか涙も引っ込んでいた。

わがままは言ってもいい。けど危ないから、物を引っ張ったり叩いたりするのはダメ。

「ごめ、んなさい……。もうしない……」

姉ちゃんに諭され、しゃくりあげつつ素直に答えた美雨。

そのまま姉ちゃんは、美雨のおでこに自分のおでこをコツンとくっ付けた。

約束だよ……と。

美雨を安心させようと浮かべた表情は、さながら太陽のように温かくて。

きっと美雨にとっては、姉ちゃんを――母親を象徴する姿に映ったことだろう。

＊　＊　＊

美雨が俺の家に居候し始めて、一週間が経った。

リビングに布団を敷いて寝ることにもようやく慣れてきた、土曜のお昼前。

ソファーでくつろいでいると、美雨から、浴室を掃除したいとの申し出があった。

「ずいぶん急だな……」

「しないと落ち着かなくて」

「落ち着かない？　そんな汚かったかな、ごめん」

「じゃなくて」

ちょっと慌てたように美雨は言う。

「伯母《おば》さんちにいたときも、お風呂掃除はウチが担当だったから。週末にするのが染みついちやってて」

なるほど、そういう事情だったのか。なら、落ち着かないというのも納得だ。

「浴槽はお湯入れる前とかに洗ってるけど、他はあんまりじゃん？」

確かに。一応、定期的に燻煙《くんえん》タイプの防カビ剤は散布してるけど、それに甘えてしまってるのは間違いない。

うちの浴室は換気能力の強いタイプだけど、だとしてもカビや水垢《あか》を百%防ぐのは不可能。排水口のぬめりや鏡のうろこなどもだ。

そのあたり、最後に本格的な掃除をしたのは……まずい、思い出せない。

「洗剤使っていいなら、勝手にやっちゃうけど」

「いいけど、俺も手伝うよ」

「いやいや」

立ち上がろうとした俺を、美雨《みう》はグッと押さえつける。

思いのほか力が強い。

「いやいやいやいや」

妙に対抗心が芽生えてしまい、俺も力んでしまう。

「俺んちの風呂なんだから、家主が手伝うのは――」

「あの浴室にふたりは邪魔」

美雨はピシャリと言い切った。

「入るだけならともかく、掃除するのにふたりもいらないじゃん」

「……ごもっとも」

潔く認め、ストッとソファーに座り直す。完膚《かんぷ》なきまでに俺の負けだ。

確かに、床やら壁やらを掃除するだけなのに、ふたりがかりで対応する必要はないな。

ましてやそこまで広くない浴室。可動域が限られて、かえって動きにくいか。

「……あれ。けど今日、バイトは？　昼からじゃないの？」

「シフトの都合で夕方から。だから時間は平気」

なら任せてもいいか。本人がやりたいというのなら、止める理由もないし。

「じゃあ風呂場は任せるよ。俺はトイレ掃除でもしようかな。今日は掃除デイズってことで」

「デイズって……『デイ』だけでよくない？　しかもクソダサい」

「余計なお世話じゃ」

そんなこんなで、それぞれ掃除を始めるのだった。

普段から小まめな掃除はしているから、さほど汚くはないものの。温水洗浄便座を取り付けるアタッチメント部分など、普段隠れている箇所は想像以上に汚れている。

そういった所を重点的に掃除しつつ、ふとここ数日の美雨の様子を振り返る。

居候し始めた当初と比べると、多少は馴染《なじ》んでくれたというか、極端な遠慮はなくなったように思う。ソファーの使い方や、洗面所などにおける私物の占有率など。ちょっとは自宅のように落ち着けているようだ。

一方で、やけに「居候だから」という考えに縛られて、自分で責任を背負おうとしすぎている気がしていた。今回の掃除の提案もそうだ。彼女は施しに対して、常に相応の対価を支払おうと頑《かたく》ななところがある。

ある意味で一か十の両極端。もっと力を抜いて、他人を上手に頼って生きるほうが楽だとは思うんだが……。ましてや叔父《おじ》である俺の前なんだから。

ただそれは、同じ親族であったはずの伯母《おば》夫婦宅での生活に原因があるんだろう。楽な生き方を許さない窮屈な環境が、いまの美雨《みう》を形成させてしまったのかもしれない。

けど、俺も昔は似たような性質は持っていたからかな。美雨の気持ちも理解はできる。

……ああ、そうか。

以前からうっすら感じていた心当たりは、ここなのかもしれない。

関わる他者を不安にさせたくない。だから「頼りがいがある」「よくできた人間」になりたくてがむしゃらだった、かつての俺。

物事を率先して引き受けたうえで、きちんと遂行し結果を残す。なんでもかんでもを人に縋《すが》ったり頼ったりはせず、「自分の意思と行動でやり遂げる」姿を見せて安心してもらう。そんな生き方が、一時は癖になっていた。

美雨とは根っこの部分で違うかもしれない。けれど性質としては似ているんだ。結果も責任も、全部自分に返ってくる形にまとめたほうが楽だという考え方が。

差異を上げるとすれば、経験だろう。

俺は社会人経験を経て、「人に頼る」とか「仕事を任せる」ことの大切さは理解しているつもりだ。自分というリソースはどうしたって有限。足りなくなる部分は任せたり頼ったりしないと、仕事なんて回らない。

彼女も、そういうところを理解できるようになれば、もう少し自己負担を減らせるんじゃないかな。肉体的にも、精神的にも。

あるいは俺が、その手伝いをしてあげられればいいんだろうけど……。

などと、手を動かしながら考えにふけっていたときだった。

「――きゃっ！」

短い悲鳴とゴトン！　という物音が聞こえ、俺は慌てて風呂場に向かった。

「どした、大丈夫か？」

と、覗《のぞ》き込んだ浴室。

床にへたり込んでいる美雨は、いつぞやの濡《ぬ》れ鼠《ねずみ》のように、頭からずぶ濡れだった。

部屋着代わりの白いTシャツは肌にぺったりと張り付き、美雨の女性らしい体の曲線を克明に浮かび上がらせていた。肌色と、豊満な胸元を覆う下着の赤色も、見事に透けている。

「……マジさいあく……」

なんとも扇情的で大惨事な様相。

美雨《みう》は、顔色は相変わらずだが、やんわりと怒気を孕《はら》んだため息を漏らす。

「なにがあった?」

「シャワーヘッドが急に暴れた」

ああ……あるあるだ。強い水圧によって、シャワーヘッドが蛇のごとく首を振り、辺りに水やお湯をまき散らすやつ。

「濡《ぬ》れていい服でよかった」

「とはいえ、放っとくと風邪引くぞ。着替えたら?」

「それなー………」

美雨は立ち上がると、びしょ濡れのシャツを摘《つま》んだ。

そこで気づいたが、生地の薄いホットパンツも、美雨の尻にぴったりと張り付いていた。下着のラインがわかりやすく出てしまっている様子は、若干目のやり場に困る——、

「てか、脱ぐだけでよくね?」

「ちょちょちょちょ——いでっ!」

驚いて仰《の》け反《ぞ》った拍子に、ドアの縁で頭打った……。

でも仕方ないだろ。

いきなり俺がいる前で濡《ぬ》れたシャツをたくし上げ、ブラ一枚の無防備な姿を晒《さら》すんだから。いよいよ本当に目のやり場に困るわ。

「なにしてんの、ウケる」

「こっちはなにひとつ、ウケる要素ないから……」

後頭部をさすりながら答える間も、美雨《みう》はなにひとつ隠そうとはせず。

装飾がシンプルな赤いブラと、深い谷間を作る双丘をさらけ出したままだ。

「……え、てか、この格好のこと？」

「他にどんな理由があると思ってたんだ……」

言いながら、エチケットだと思って浴室のドアの陰に身を隠す。

「下着姿ってだけじゃん。それでそのリアクション、ヤバない？」

「美雨は恥ずかしくないのかよ」

「別に？　見られても減るもんじゃないし」

そうは言ってもな……。

いくら相手が身内とはいえ、もう少し恥じらいは持ってほしいんだが。

コッと、浴槽の床を擦るような音が響く。おそらくシャワーヘッドを持ち上げたのだろう。

何事もなかったかのように、美雨は掃除を再開するらしい。その格好のままで？

「てか、叔父《おじ》さんさ」

何かに気づいたかのように、美雨はふと口にする。

「もしかして童貞？」

「明け透けか！　それなりに経験あるわ！」

直球にも程があるだろ……ていうか、初めて女子に直で訊《き》かれたわ。

「いや、童貞だったらリアクションに納得できたなって」

「それとこれとは別問題だろ……」

ため息交じりに答えて、俺も掃除を再開させるためトイレに向かう。

美雨に限らず、ギャルってこうなのだろうか。人によるのかな。正直で素直なのは、いいことかもしれないけども。

同居一週間目にして、生活における新たな価値観の違いを見せつけられた気がした。


掃除が一段落した頃には、すでに十三時を回っていた。

美雨も掃除を終えたようで、部屋着も乾いたものに着替えてリビングにいた。濡れた服は他のものと一緒に洗濯機にかけ終えたところらしい。

「腹減ったな。なんか作ろうか。なに食べたい？」

美雨は「え？　んー……」と宙を見て、

「何でもいいよ。叔父《おじ》さんが作りやすいので」

「作りやすいものか。炒飯《チャーハン》かな。冷凍ご飯が余ってたはず」

冷凍庫を確認すると、茶碗《ちゃわん》一杯分ぐらいをラップで包んだご飯が三つ冷凍されていた。

具は晩酌のアテにと買っていたチョリソーと、三分の一玉ほど余ってたタマネギ、常備している卵で十分だろう。

食材をシンク横の調理台に置くと、美雨《みう》が不思議そうに覗《のぞ》き込んでくる。

「チョリソー？　チャーシューじゃなくて？」

「肉物がそれしかないから、代わりにな。しっかり味がつくし、美味《うま》いぞ」

「ふーん……。余り物でも作れちゃうんだ、炒飯」

「炒飯って極論、味をつけて炒めたご飯だからな。合うなら具はなんでもいい」

魚介を入れたって梅しそを入れたってカレー風味をつけたって、アイデア次第で美味《おい》しく作れるのが炒飯の万能性だ。

昔から、中途半端に食材が余ったときは炒飯にして胃に収めていた。腹は膨れるしロスはなくなるしで、一石二鳥だ。

すると、なにか思案げだった美雨が顔を上げる。

「見ててもい？　作ってるとこ」

そういえば、料理には興味あるし覚えたい、って言ってたな。

「もちろん。なんなら、作り方教えるよ」

「……ん。やってみる」

控えめに頷《うなず》く美雨。

思えば、こうして美雨のためになにかを教える……なんてずいぶん久しぶりな気がするな。

叔父としてなにかしら貢献できているようで、ちょっとうれしい。自然と気合いも入る。

しっかり身になるよう教えてあげようじゃないか。

「よし、それじゃあ……『叔父さん'sキッチン』開幕！」

「いやそーゆーのはいらない。イタいし」

うぐ……。

ひとり盛り上がりすぎたか。確かにイタいな。いまさら自分でも恥ずかしくなってきた。

まあいい。こういうときにさっぱり開き直れるのが、社会人らしいスキルってもんだ。

気を取り直して……。

「ま、まずは食材の準備からだなっ。チョリソーは親指の爪ぐらいの一口サイズ、タマネギは薄くスライスして……」

実践しながら美雨に向けて解説していく。

美雨は終始目を離さず、調理工程をじっくり観察していた。

「フライパンを熱して、薄く煙が出てきたら油をひく。全体に馴染《なじ》ませて、溶き卵から投入」

ジュゥ！　と音を立てて、フライパンに触れた部分からすぐに固くなっていく卵。

それをフライ返しでざっくりと攪拌《かくはん》し、油と混ぜていく。

「卵に火が入りきる前にご飯を投入したら、ご飯を叩くようにしながら卵と絡めていく」

「叩く？」

「米の粒同士を叩いて引き離して、油と卵でコーティングさせるイメージだ。これをやることで、パラパラに仕上がる」

「へぇ〜」

コーティングという意味では、先にご飯と溶き卵を混ぜてから、フライパンに投入するってやり方もある。

ただあっちは、卵が米をコーティングしてパラパラにはしてくれるが、逆に卵の存在感がなくなって炒飯《チャーハン》らしさが半減する……と個人的には思ってて、推奨していない。

「ある程度ご飯がパラついてきたら、具を入れて馴染《なじ》ませる。最後に塩胡椒《こしょう》で味を調えて……。フライパンの鍋肌から少し醤油《しょうゆ》を回し入れて、香り付け」

「おお……プロっぽ」

珍しく、感心したような声を上げる美雨《みう》。

食欲が勝っているのか、完成を間近にした炒飯にソワソワしているようにも思う。まるで餌を待つ小動物のようだ。

そうしている内に、無事、炒飯も完成だ。味見もして、問題ないと確信する。

「盛り付けは適当でいいよな。皿に移して……」

パラパラで溢《あふ》れそうになるのを、少しだけ神経使いながら盛り付ければ、炒めたてでふわりと湯気の立つチョリソー炒飯の完成だ。

うま味と辛味を感じさせる香りまで一緒に立ち上り、口の中で一気に唾液が広がった。

「ほい、できた」

「すごー……」

美雨はパチパチパチ……と拍手まで送ってくれた。よほど完成が楽しみだったんだろうか？

俺はスプーンを差し出す。

「お先にどうぞ。味見も含めて勉強だと思って」

「ん……ありがと」

美雨はスプーンを受け取ると、さっそく炒飯をすくった。縁からポロポロとこぼれ落ちるのを見るに、狙い通りパラパラに仕上がっているのがわかった。

ふーふーと冷ましてから、一気に口へ含む。

「うんま……っ」

すぐさま目を見開いた。

「えヤバ。ガチでバカうまっ」

「だろう?」

美雨《みう》の素直なリアクションが、こんなにうれしいとは思わなかった。

もちろん、相変わらず表情に変化はない。けど美味《おい》しさに驚いているその瞳は、瞬くように輝いて見えた。

「――あちっ」

「火傷《やけど》に気をつけろよ?」

という、こっちの注意を聞いているのかどうかってレベルで、無我夢中に二口目、三口目を頬張ってくれる。

作った側として、こういうときが一番うれしく感じる。

「じゃあ次は美雨だな」

俺の一言に、美雨はキョトンとして首をかしげた。

「なにが?」

「いや、なにがって。美雨も作ってみるんだろ?」

「あー………。これ美味しいし、いいかなって思っちゃった」

おいおい……。そのぐらい夢中になってくれるのは、うれしいけどさ。趣旨が変わっちゃうじゃないか。

まあ、今日はそれでもいいか……と思っていたら、美雨は「でも」と続けた。

「やってみようかな。せっかくだし」

「オッケー。見ててあげる」

スプーンを置いた美雨は、さっそくキッチンの前に立つ。

まずは食材の準備だ。包丁の持ち方は大丈夫なようだった。危なっかしさは特に感じない。

ただチョリソーのサイズ感などを気にしているらしく、一度切るたびに俺に確認し、慎重に準備していく。

食材が揃《そろ》ったところで、次の工程も逐一尋ねながら、フライパンを準備していく美雨。

やはり料理に慣れていないというのは本当のようだ。作業をひとつひとつ確認するのも、慣れていない不安から来るものだろうし。

加えて、失敗したくないという気持ちも強いのだろう。

なまじ俺が簡単そうに完成させてしまったことも、もしかしたらプレッシャーになっているかもしれない。

やがて調理は、火を使う段階に突入した。以前、家庭科の授業でボヤを起こしかけたと聞いてたからな。ちょっと心配ではあるが、見守るのに徹する。

ご飯を炒め始めると、フライパンのサイズ感を把握し切れていないのか、かき混ぜる力加減が制御できていないのか、案の定コンロの周辺はご飯粒だらけになった。初心者あるあるだ。

でも美雨の一生懸命な姿を見ていると、下手《へた》に水は差せず。黙って見届ける。

「そろそろいいかな。味見して、問題ないならお皿に移そうか」

コクッと頷《うなず》いた美雨《みう》。近くのスプーンで炒飯《チャーハン》をすくう。ご飯粒の塊がほろっと崩れる。パラパラとはいかないまでも、ほどよく卵と絡んだ、美味《おい》しそうな炒飯に仕上がっていた。

「……だいじょぶっぽい」

その上で味付けも問題ないのなら、出来としては上々だろう。

美雨はフライパンを持ち上げて、中身を皿に移していく。そして、最後の縁のほうに残ったご飯粒を集めようと、皿にフライパンを傾け――

「――ひゃっ！」

「――おわっ！」

ガン！　とシンク台を叩く嫌な音がしたと思ったときには、すでに美雨の持っていたフライパンは、取っ手から先がなくなっていた。

間髪入れず、さらにゴン！　という音が響く。

足下だ。嫌な予感を抱きながら、咄嗟《とっさ》に目をやる。

「――あっ……っ！」

空のフライパンが床に転がっており、最悪なことに、美雨の足に触れてしまった。

「大丈夫か！」

慌てて近くの布巾を手に取って、フライパンをどける。

ついさっきまで火に当たっていたアルミの塊。布巾越しでもその熱は指先を焼くようだ。

これが直接、皮膚に触れたなんて……。

「冷やそう。こっち」

「あ——」

美雨の腕を取って、問答無用で風呂場に向かう。

浴槽の縁に座らせると、シャワーの流水を美雨の足に当て始めた。

「冷た……っ」

「我慢して」

思わず強めの言い方になってしまったからだろうか。

素足をこちらに差し出したまま、美雨は黙ってしまった。

まずったな……美雨の性格上、責任を感じているはず。もっとなにか、かけてあげるべき言葉があったんじゃないか？　重く受け止めてないといいけど。

シャワーの音が反響するだけの浴室で、言葉を探す中、ふと目の前の白い脚に意識が向く。

足先は淡い色味のペディキュアで彩られ、ふくらはぎは陶磁器のように滑らか。そこから上った太ももは健康的な膨よかさで、浴槽の縁に当たって柔らかく形を変えていた。

きれいな脚だな……と思いながら、さらに顔を上げていく。

足に水のかかる様子を眺めていた美雨と、視線が交差した。

「どしたの？」

「いや。……なんでもない」

美雨《みう》の女性然とした美しい佇《たたず》まいと麗しい素足に、ドキリとしていた。

……なんてこと、言えるわけがない。慌てて目を逸《そ》らす。

それよりもだ。火傷《やけど》、大丈夫かな。水膨れとかにならないといいが。

「……なんか、お義母《かあ》さんみたい」

「え？」

不意に耳朶《じだ》を打った美雨の言葉に、俺は顔を上げた。

「叔父《おじ》さんの、心配してくれてる感じがさ。お義母さんみたい」

俺が、姉ちゃんみたい……か。

なんて答えればいいか迷っていると、ふと、あるときの記憶が蘇《よみがえ》って、

「大丈夫、怖くないよ～」

それは、妙にスラッと口からあふれ出ていた。

さすがに、美雨は忘れているだろうな、あの画びょう事件。なにせ幼稚園児の頃だし。

むしろ今さらながら、男の俺が言うと痛い言葉のように感じて、頬が熱くなってきた。

美雨の顔がまともに見られなくて、俺は慌てて二の句を継ぐ。

「み、美雨のお義母さん――姉ちゃんみたいかどうかは、わからないけどさ。そりゃ心配は

するよ。大事な姪《めい》っ子なんだから」

「ん……」

返事に困ったように、息だけを漏らす美雨《みう》。

足に痛みがあるかを訊ねると「だいじょぶ」とのことで、ちょっと安心した。

「叔父《おじ》さんにとっては、どんな人だったの？　お義母《かあ》さん」

「んー、そうだなぁ」

生前の姉ちゃんの姿を思い出す。

悲しいことに、もう声もうろ覚えになり始めている。

けどどんなふうに笑って、どんなふうにちょっかいかけてきて、どんなふうに美雨を愛していたのかは、克明に覚えていた。

「十以上も年が離れてたからさ。『姉』って印象以上に、大人な人だな……って思うことが多かったかな。しっかり者で、子ども心ながらに『自立してる立派な人』って思ってた」

「ふーん。……かっこよかったんだ？」

「そうだな。うん、かっこよかった。家族の前で弱いところを見せない、明るい人だった」

だからこそ両親は、姉ちゃんに対して安心していたんだと思う。

姉ちゃんの選択に全幅の信頼を寄せることができていた、とも。

「ただ、その年の差もあって、顔つき合わすたびにどちょっかい出されまくったけどな」

鬱陶《うっとう》しいと思ったことがない、といえば嘘《うそ》になる。

俺だって小学校高学年とか中学生にもなれば、多感な時期に突入している。下に見られているようでうざったいと感じたことも少なくない。

でも、それを差し引いても余りある憧れを、彼女に対して抱いていたのも事実だった。

いつしか、姉ちゃんのような自立した大人になりたいと、思うようになっていた。

「……お父さんと付き合ってるって知ったときは？」

「正直、『マジか』とは思ったよ」

まだ二十代も前半の姉ちゃんが、結婚を前提に付き合っていると家に連れてきたのが、美雨のお父さんだった。

いわゆるシングルファーザー。

なんで大人な姉ちゃんがそんな選択をしたんだろう。当時まだガキだった俺は、最初は本気で疑問に感じていた。

あとになって知ったことだけど、南雲《なぐも》家の親族は俺だけに限らず、みんな疑問視していたそうだ。というか、歓迎している人が誰もいなかったらしい。

ただ、俺の両親だけは違った。

あのふたりは最初から、なにひとつ不満も不安も口にせず歓迎していた。

俺の知らないところで姉ちゃんと何度も話し合っていたからなのか。はたまた姉ちゃんが選択したのなら……と信頼があったからなのか。

訊《き》いていないので真意は定かじゃない。

ただ、訊いてはいないけど――、

「結婚して、美雨《みう》の面倒見てるときの姉ちゃんは、ちゃんと母親やってるように見えたから……やっぱ、すげぇなって思ったな」

姉ちゃんが籍を入れる頃には、俺も納得するに至っていた。

なぜなら、どのコミュニティーどの家族に属しても、姉ちゃんは結局、姉ちゃんのままだったから。尊敬できる、たったひとりの姉のままだったから。

俺たち一家も美雨や旦那さんのことも、等しく明るい笑顔で照らしてくれる、そんな存在。

それは言わば――、

「南雲《なぐも》家の太陽みたいな人、って言うと大袈裟《おおげさ》かもしれないけど。でも本当に、そういう言い方がぴったりハマる人だった」

俺はシャワーの水を止める。十分流水に当てたから、もう大丈夫だろう。

傍《そば》に用意していたタオルで、包むように水気を拭き取っていく。

「叔父《おじ》さんのゆってること、めっちゃわかる」

ふと視線を美雨に向ける。

笑顔、と形容するには、あまりにも慎《つつ》ましい。

けれど、ほんのりと口角は上がっていた。

「ホント……太陽みたいだったな」

美雨のつぶやきは、ゆっくりと浴室に溶けていった。


十分に冷やし終えると、俺たちはキッチンに戻って惨状を片付けた。もったいないが、こぼしてしまった炒飯《チャーハン》は生ゴミ行き。

一通りキレイに掃除をしたあと、俺の作った炒飯を温め直し、昼食をとることにした。昼食として物足りない分は、冷凍食品のおかずを少しだけ引っ張り出してカバーした。

「……やっぱ、うま。叔父さん炒飯」

「よかった。作り方もそんなに難しくなかっただろ？」

「まぁ……。でも味はわかんないよ」

確かに、美雨自身も味見程度の少量しか食べられてない。

人に食べさせたときの感想が不安になるのも無理ないか。

「今日は残念だったけど、俺は食べてみたいよ、美雨お手製の炒飯」

「……わざわざ毒味志願しなくても」

「あの作り方でそこまで不味《まず》く作れるなら、それはもう才能だぞ」

「うれしくないね、その才能」

「大丈夫、きっと美雨《みう》は持ってないから」

調理中の手際は悪くなかった。不慣れ故のぎこちなさこそあったけど、そんなの経験を積めばすぐ解消できる。

「……でも、フライパンってあれしかなかったんだよね?」

「そうだな。ひとつでなんにでも使える万能型だったから」

美雨は神妙な面持ちで、炒飯《チャーハン》の山をつつき始めた。食べるためによそうのでもなく、なにか考え事でもしているかのように。

「……弁償する」

炒飯に目を落としたまま、美雨が言う。

「いいよ、フライパンぐらい。経年劣化なだけで、美雨が壊したわけじゃないし」

美雨は無言で炒飯を口に含む。スプーンごとくわえたまま、なにかモゴモゴとしている。

納得できない、とでも言いたげだ。

でも俺だって、折れるつもりはなかった。わざわざ美雨に買わせるようなものでもないし。

ただ、納得してもらわないとずっと平行線だろう。この一週間の同居生活で、美雨のポリシーみたいなものは理解していた。なにか折衷案を……と思案して、

「じゃあさ」

俺の言葉に反応して、美雨はクンッと首をもたげた。

「お金は俺持ちでこれから買いに行くから、美雨が選ぶってのは？」

「ウチが？」

「料理覚えていきたいなら、自分で選んだ道具使うほうがモチベーションも上がるしさ」

我ながらいいアイデア――、

「え、だったら自分のお金で買うほうがモチベ上がんない？」

――な気がしたんだけどなぁ。

美雨の言い分はもっともだ。ぐうの音も出ない。

いっそ、回りくどい言い方で弁償を回避させるより、弁償させたくないって俺の本音をぶつけてしまうべきだろうか？

いやでも、美雨の性格を考えると、弁償するって意思はてこでも動きそうにない。

どうしたもんか……と考えて、ふと思いつく。

「美雨さ、この家で使いたいものや欲しいものって、なにかあったりする？」

「使いたいもの？　なんで？」

「フライパンは、美雨に選んで買ってもらう。代わりに美雨が欲しいものをひとつ、弁償してくれたお礼に俺が買う。日用品とかでもなんでもいい。この交換条件が飲めるなら、フライパンは美雨に弁償してもらう」

美雨《みう》がお金を出して終わり、という一方的な支払いですませるのを、俺は嫌がっている。なら、弁償してもらう代わりのなにかを俺が払えばいいんじゃないか？

美雨にだって、普段我慢しているだけで、欲しいもののひとつやふたつぐらいあるだろうし。

「……それ、条件飲まなかったらウチ弁償させてもらえないってことじゃん。なんかズル」

あっさり思惑を見抜かれていた……。

弁償したいなら、欲しいものを素直に言って買ってもらうしかない。それを拒むなら、弁償もなし。さすがに強引だったかな？

でも美雨は、少し考え込んだあとで、

「……じゃ、一個だけ。ウチ、入浴剤が欲しい」

「入浴剤？」

「叔父《おじ》さん、使ってなかったでしょ？　嫌いだったり苦手だったりするのかなって」

なるほど。自分は使いたいという気持ちがあったけど、俺に気を使って避けていたのか。

「そんなことないよ。習慣がなかっただけ。なんであれ、それなら交換条件成立だな」

このあと美雨はバイトで家を出る。少し予定を早めて、出勤前にふたりで買い物をすませることにした。

そうして訪れたのは、最寄り駅直結のスーパーだった。二階の生活雑貨・日用品のコーナーを見て回る。

フライパンをひとつ選び終えたあと、美雨の買いたい入浴剤が置いてある棚へ向かう。

お風呂関係の道具や洗剤、シャンプーなどがズラッと並んでいる一角。目的の入浴剤を見つけたようだ。

「あった。これ欲しくて」

美雨が手に取ったのは、ラベンダーの香りのする入浴剤だ。いかにも女性層をターゲットにしているような、線の細いオシャレなパッケージデザインだった。

「伯母《おば》さんが嫌いな人でさ、入浴剤。一人暮らししたら使ってみたいなってずっと思ってた」

「うん、いいんじゃないか？　俺も、たまには使ってみたいし」

「マジ？　ホントに？　いーの？」

驚いたように目を見開く。

まるで瞳の中で、小さな星屑《くず》が瞬いているようだった。

「やった……マジうれしすぎて神」

入浴剤のパッケージをまじまじと見ながら、満足そうに美雨は言う。

そのわりには、露骨に「喜んでいる」って様子ではない。普段通りのポーカーフェイス。

けど最近はなんとなく、表情が硬い中にも、彼女なりの喜怒哀楽を読み解けるようになってきたと思う。

「目は口ほどに……か」

とにした。

会計をすませたあと、どうせ俺は家に帰るからと、美雨《みう》の買った入浴剤も併せて持ち帰るこ
先人の言葉の鋭さを、身をもって体感した気がした。

「なんでもない。会計してこよう」

「ん？　どしたん？」


改札まで美雨を見送りに行く。土曜の十五時過ぎということもあり、人の往来が多い。

行ってきます、行ってらっしゃいの言葉を交わして、美雨が改札を潜ろうとした……直前。

「……ウチが帰ってくるまで、使わないでよ、入浴剤」

振り返って、俺を真剣な眼差《まなざ》しで射貫《いぬ》く。

「わかってるって。風呂だけ準備して待ってる」

「……絶対だし。いい？」

「ああ。一番風呂は美雨にとっておく」

美雨はコクッと頷《うなず》くと、そのまま振り向いて、改札を潜っていく。

駅構内の人波へ吸い込まれていく中……不意に、グッとガッツポーズした美雨の後ろ姿を、俺は見逃さなかった。

「どんだけ楽しみなんだか……」

美雨の珍しい所作に、俺はたまらずプハッと吹き出してしまうのだった。

●とある裏アカのつぶやき

――サヤ　@sayaya_lonely13　45分前
ずっと使いたかった入浴剤使わせてもらえるのバカ楽しみ。夢いっこ叶ったわ。

――サヤ　@sayaya_lonely13　17分前
足の火傷《やけど》、大したことなさそ。冷やしてくれた叔父《おじ》さんにマジ感謝。ありがと。

――サヤ　@sayaya_lonely13　15分前
なんかおかあさんのこと思い出した。叔父さんのアレ、おかあさんと同じだったし。
もしかして覚えてんのかな。子どもの頃だからちょっと恥ずいな…。

――サヤ　@sayaya_lonely13　2分前
おかあさん　会いたいな。

ギャル姪の生態 3

第六話　知らない姿、知られたくない姿

俺や美雨《みう》が幼い頃に育った地域は、いわゆる車社会だった。

最寄り駅は生活圏から十キロ弱離れているし、バスは通っているが本数も少ない。どこへ行くにも車か原付、最低限で自転車は必須。車は一家に一台ではなく、免許所有者につき一台というレベルだ。

ただ、不便かと言われるとそんなこともなく。当たり前過ぎて感覚がおかしいだけかもしれないが、少なくとも子どもの頃にそう感じたことはない。

なぜなら、自宅の近く——といっても七~八キロは離れているが——に大型ショッピングセンターがあったからだ。

土地だけは余り散らかしている田舎《いなか》。二百近い店舗が一挙に詰め込まれた巨大な施設は、老若男女が常に行き交うシンボル。

その日は、ショッピングセンター内の映画館で映画を観てきた帰りだった。俺と美雨、姉ちゃんの三人。ちなみに旦那さんはいなかった。確か仕事の都合で都内に出ていたんだったかな。

「みうもプリティアみたいになりたいなぁ」

帰りの車内の後部座席で、美雨は大はしゃぎだった。大好きな女児向け変身ヒロインアニメの劇場版が、よほど楽しかったのだろう。

同じく後部座席に座る俺を敵役に見立てて、ずっとビシバシとパンチを当て続けていた。

「おお、痛い痛い。美雨は絶対プリティアになれるよ」

「ほんと!?」

「こんなにパンチが強いもん。ティアスカーレットだって夢じゃないって」

「やったー!」

うれしそうに笑った美雨は、前歯の乳歯が一本抜けていた。ちょっとだけ間抜けな、けど誰もが通るすきっ歯は、彼女が一日一日着実に成長していることを暗に示していた。

いまはなれると信じているプリティアにだって、いつしかなれないことを知り、そしてもっと別の夢を持つようになる。それこそが成長ってことなんだろうな……なんてことを思い、少しだけもの悲しく感じたのを覚えている。

「美雨は、プリティアになったらなにしたいんだ?」

そう何気なく訊《き》いた問いに、美雨はうーんうーんと唸《うな》った。

体ごと頭を左右に揺らし、最終的に俺の腕にポテッと身を預けた。

「みうはねー、プリティアになったらぁ……」

美雨の言葉は、徐々に覇気がなくなっていた。時間は二十時。映画のあと、三人でごはんも食べた。はしゃぎ疲れて眠くなっているのは明らかだった。

俺は無理に返事を待たなかった。このまま寝たいなら、そのまま寝かせてあげたかった。

夢の中なら、夢に描いたプリティアになれる。夢の世界に縛りはない。できないことも摩訶《まか》不思議なことも、自由に体験できる優しい世界。

美雨《みう》が楽しかった一日を反芻《はんすう》しながら、幸福な微睡《まどろ》みの向こうで得るだろうその自由を、邪魔したくないと思った。

けど——、

「守って……あげるんだぁ」

「……え?」

「おじちゃんのこと……守ってあげるの……」

半ば寝ぼけたように漏れ出たその言葉が、どれほどうれしい言葉だったか。

俺は美雨と血は繫《つな》がっていない。義理の姪《めい》。家族と呼ぶにはどこか曖昧でもどかしい距離。

だからこそ。

美雨のその一言は、中学に入りたてのガキだった俺にとって、夢のように幸せな言葉だった。

＊　＊　＊

昨日今日とで、俺は入浴剤のすばらしさに目覚めてしまったかもしれない。

美雨が選んで買ってきた、ラベンダーの香りの入浴剤。調べてみるとラベンダーには、リラックスと安眠効果があるらしい。肩まで浸かってひと息分吸ってから漏らすと、確かに体の芯まで解《ほぐ》れた心地になった。

加えて乳白色の湯には保湿効果もあるとのこと。湯上がりの肌は心なしかスベスベになっていた。もっとも、男の俺は毛という障害物が邪魔をするんだが。

ともあれ、いままで縁のなかった入浴剤によって、俺のバスタイムは図らずも充実してしまった。思いがけない幸運だ。美雨に感謝だな。

そんなことを思いながら着替えをすませリビングに戻る。ソファーには美雨が座っていたが、なにやらボーッとしていた。

テレビはつけっぱなし。日曜深夜のお笑い番組が垂れ流しになっている。

でも頭は少し右に傾いたまま、クスリとすらしていない。後ろ姿からでも、テレビなんて見ていないことはよくわかった。

「美雨？」

呼びかけても無反応だった。前に回り込む。

「美雨？　大丈夫か？」

やっぱりだ。目を瞑《つぶ》って薄く寝息を立てている。完全に寝落ちしていた。

ただでさえ無防備な部屋着は、体がずり落ちたことで裾がめくれており、ほどよくくびれているお腹《なか》が丸見え。ひどい状態だ。

どう考えても人様に見せられる姿ではない。

「寝るなら寝室行ったらどうだ？」

そう肩を揺すると、さすがに気づいたのか、うっすらとだけ目を開けた。

だけど、すぐに閉じてしまい――、

「……ん」

肩に置いていた俺の手へ、自分の指を添える美雨《みう》。

そのまま腕を引くと、頬を乗せるように抱きついてきた。

「――っ」

しっとりとした美雨の頬が、俺の腕に帯びていた熱を吸い取っていく。

明らかに男の――自分のそれとは違う肌の柔らかさ。久しく触れた記憶のない感触だ。

まるで少女が母親に甘えているかのような、無防備な姿。

けど俺の手の甲は、少女と呼ぶにはあまりにも女を主張しすぎている部位に当たってしまっていた。柔らかな弾力が、得も言われぬ背徳感を背中に走らせた。

「……美雨。寝ぼけてないで」

抱きつかれている腕を揺すると、ようやく美雨は、傾いていた体を起こした。

「ん……。なに……？」

「なに、じゃなくて。寝てたぞ」

どうやら美雨は、まだ寝ぼけているらしい。ゆっくり周りを見回す。

俺の腕を抱き寄せていたことに気づくと、慌てるでもなく解放してくれた。

「どれぐらい寝てた？」

「わからない。俺が風呂から出てきたときには、もう寝てた」

目を擦りながら「そっか……」とだけつぶやく。

「疲れてるな。寝不足か？」

「たぶん。ちょっとだけ」

ちょっとだけ……ね。

美雨が普段から、学業にバイトにと忙しくしているのは知っている。

この一週間の同居生活で、起きている時間の何割をそのふたつに割いているのか、嫌というほど目の当たりにしてきた。

その割合を考えると、彼女の言う「ちょっと」が俺の思う「ちょっと」と同程度なのかは、怪しいところだ。

「無理しないで、ちゃんと休めよ？　体は労《いたわ》らないと」

「ん……だいじょぶ」

脱力状態から戻りきっていないように、美雨はもったりと立ち上がる。そう、もったりだ。

そんな形容のしかたがあるかは知らないが。

「早くお金貯《た》めなきゃだし」

「そうは言うけどさ……」

この家にいるうちは、そこまでの出費は発生しないはず。慌てて貯《た》めなきゃならないほどじゃないと思うんだが……。

俺の横を素通りしていく美雨《みう》。シャンプーの華やかな香りが鼻腔《びこう》をくすぐる。

けど、そんな香りが似つかわしくない疲れた背中をしていて、たまらず不安になる。

「ヤバいときは、ちゃんとヤバいってわかる。だから平気」

じゃあそのときにヤバいと『言える』のか？　と詰めてしまいそうになり、止める。

さすがに過干渉だろうか？　と気になってしまった。

「……おやすみ」

美雨はそのまま、寝室へと向かっていった。

垂れ流しのテレビからは陽気な声が飛んでくる。でも、とても笑える心持ちではなくて、テレビを消した。静かになったリビングにため息が霧散する。

あんなに警戒心も遠慮もない姿を晒《さら》してしまえるぐらいには、この家に慣れてくれているってことなんだろう。

それは素直にうれしい。美雨にとって安らげる場所になっている証左だから。

一方で不安は募る。よほど体を酷使しないと、あそこまでしっかり寝落ちすることなんて、そうそうない。そんなにも重労働な仕事なんだろうか。

それに事ここに至っても、美雨はどんなバイトをしているのか教えてくれない。それも不安をさらに加速させる。

……大丈夫なのかな、本当に。


昨晩の不安が尽きないままだとしても、当然のごとく、日はまた昇る。

週明けの月曜日。社会人たる俺は心配事という尾を引きながらも、いつも通りに出社した。

梅雨の隙間を縫うように、外は晴れ間が広がっていた。

今日は大事なプレゼンを控えてもいた。梨花《りか》と健司《たけし》が出社すると、プレゼンの最終確認をしたあと、昼過ぎにはクライアントの元へと向かった。

そこで俺たちは、今年一最高に手応えのあったプレゼンを終え――、

「あー！　マジきもちーっすねー！」

今年一気温の高い夜のコンクリートジャングルの一角で、雄叫《おたけ》びを上げる健司を見るはめになった。

時刻は十八時三十分を過ぎた頃。周囲にはひと気も多い。

そんな中でもお構いなしと言わんばかりに、健司はハイになっていた。

正直ちょっと恥ずかしい。人としてもそうだが、同じ会社の人間として。

「梨花ちゃんのパーフェクトスライドと、先輩のウルトラトークがかみ合えば、向かうところ

ノーエネミー！　さすがっすね！」

「やめろよ、その寒い言い回し。頭が痛くなってくる」

「本当ですよ。同じ社員として恥ずかしいです」

「むしろエネミーここにありけりーっ！」

語尾に「w」が無限につきそうなリアクション。実に楽しそうだ。こっちはプレゼン疲れとうだるような暑さで辟易《へきえき》としてるっていうのに。

「健司《たけし》の気持ちがわからないわけじゃないけどさ」

しっかり準備を進めたプレゼンが高評価で、企画として前に進められる。

これまでの作業が実を結んだって実感がうれしいのは、俺だって同じ気持ちだ。

「梨花《りか》もお疲れさま。資料作り、よくがんばったな」

「ふえ!?」

なにより、梨花によい成功体験を積ませられたことは収穫だ。

入社二年目の梨花は今回が初めて、プロジェクト立ち上げからの参加となる。今日の経験は大きな財産になるはずだ。

「い、いやー。先輩に褒められると私、調子に乗っちゃうっていうか。む、むしろもっと褒めてくれてもいいんですよ？　ご褒美とか、ほしいなあ……なんて」

本当に調子に乗ってきたな……。

「ご褒美いいっすね！　どうせ今日はもう直帰コースだし、ご褒美のコレ行っちゃいます？」

コレと言いながら、くいっとジョッキをあおるようなジェスチャー。

つまり、飲みに行きましょうという意思表示だ。

正直、いますぐ帰ってひとっ風呂、と行きたい気もするが——、

「今日ぐらいはいいか。会社の経費で落ちるだろうし」

「やったー！」

大学生みたいなノリで喜ぶなよ、社会人がさぁ……。

梨花はともかく、健司は何年目なんだよ。

まあいいか。スマホの地図を立ち上げて、近くの居酒屋を探す。

このへんはオフィスも立ち並ぶ都内の一角だが、近くに大学もある地区。そのためか、学生向けの安居酒屋が比較的多くヒットした。

けど少し駅から離れたところに、単価高めで雰囲気の良さそうなダイニングバーを見つけた。

今日はちょっとした打ち上げの席だからな。騒がしい安居酒屋よりは、こういうところのほうがいいだろう。上司として格好もつかないし。

店を提案すると、ふたりも俺が選んでくれたところでいいとのこと。さっそく予約の電話を入れ、そのまま店に向かうことにした。

その道中、大学生らしき若者とたくさんすれ違う。だからだろうか。ふと、この辺りに美雨《みう》

の通っている大学があるんだっけ……と思い出した。

けど、通っている学科とかはちゃんと訊《き》いたことなかったな……。

今度、雑談のネタにしてみよう。


目当てのお店は、中規模の雑居ビルの中にあった。

ワンフロアをフルに使った店内はやや暗い。椅子やソファーもシックな色合いで統一されており、暖色の間接照明があちこちを照らす形で空間を彩っていた。

グリル料理を中心にワインを打ち出しているお店だからか、俺たちと同じような、いかにも社会人といった客層が中心。おかげで、混んでいるわりには静かだった。

席に案内される途中で見かけたのはカウンター席だ。調理場が一望できる開放的なスタイルで、いままさに牛肉のブロックが網の上で焼かれている最中。席には、調理の様子を眺めている男性客がひとりと、男女ふたりで座っている客がひと組。

俺たちが通されたのは、不透明のカーテンで隣席とを区切ってある四名がけの半個室だ。完全個室が予約でいっぱいだったことは、電話した時点で把握していた。月曜とはいえ時間も時間だし、仕方ないことだろう。

席について早々、俺はスマホを取りだしてメッセージアプリを開く。

「誰かに連絡でもするんすか？」

向かいに座る健司《たけし》が、意味深に笑った。

「姪《めい》にだよ。遅くなるかもって。向こうも今日はバイトだから、大丈夫だと思うけど」

「へぇ……先輩、マメなんですね」

俺の隣に座った梨花《りか》が言う。

「そうかな。普通じゃないか？」

俺としては、同居人への気配りとして当然のことをしているに過ぎないんだけどな。

「そういうのを『普通』って言えるの、素敵だなって思いますよ」

「そ、そうか……」

梨花の率直な言葉が、ちょっとこそばゆい。

感情をごまかすように手早くメッセージを送って、健司が広げてくれたドリンクメニューに目を通す。

一押しのワイン以外にも、ビール類やサワー、銘柄のウイスキー、スパークリングワインなども並ぶ豪華な品揃《ぞろ》えに、三人で「いいねぇ」とか「あとでワイン一本開けるか」「いやそこはシャンパンっすよ！」などと相談していると。

「失礼しまーす」

と、妙になじみのある声が耳朶《じだ》を打つ。

不透明のカーテンがスッとかき分けられ、俺たちの視線が向こう側の店員へ向けられる。

「「──え？」」

俺と、その店員──美雨《みう》の声が、重なった。

秒数にして一秒程度。

けど体感にして数分ほどの無言の間が過ぎ去ってから、ようやく俺は二の句を継いだ。

「美雨……なんで？」

「……さいあく……」

店員としてあるまじき一言を、ため息と共に漏らした美雨。

そう、美雨なのだ。

パリッとした黒のワイシャツに身を包み、ハンチング帽で金髪を覆い隠し、主張の激しかったピアスを外したことでギャルらしさはだいぶなりを潜めているが。

人数分のおしぼりを持ってそこに立っているのは、見紛うことなく俺の義理の姪《めい》だった。

「……あれ？　ふたり、知り合いなんすか？」

健司《たけし》が不思議そうに尋ねる。

「ああ……前に話したろ？　いま居候してる、俺の姪っ子」

「ちょっと。言いふらさなくってもいーじゃん」

「えっ。ごめん……」

思いがけず、怒気を孕《はら》んだ言葉が美雨《みう》から飛んでくる。

特に隠す必要もないと思ってたから、ちょっと驚いてしまった。

「へぇ～。めっちゃ偶然じゃないっすか。あおい、ちゃん？　よろしく～！」

なんでお前が名前を知ってるんだ？　と思ったが、なるほどネームプレートか。

そこに目をこらしながら、健司《たけし》はニコニコしていた。

「ていうか、バイト先ここだって、先輩も知らなかったんですか？」

「ああ……。その、美雨が――」

教えてくれなくて……と言いそうになったのを、グッと堪《こら》える。

美雨の鋭い視線が俺を射貫《いぬ》いていたからだ。

暗に「言いふらすなよ、それ以上口に出せば処す」と言わんばかりの目力だ。

というか、ほんの数秒前にやらかしたのに同じことをもう一度やりそうになっていた俺が、明らかに悪いな。

「こうなるのが一番ヤだったのに……」

ぼやきながらも、おしぼりを広げてひとりひとりに手渡していく美雨。当然、仕事はちゃんとするらしい。

梨花《りか》が受け取りながら苦笑いする。

「ああ、なるほど……。そういう」

「わかってくれます？」

「うん、ちょっとわかる」

……え？

なんでふたり、通じ合ってるの？　置いてくなよ。

「どうせバレるかもしれないけどさ。テンチョーとか他のスタッフさんに自分からベラベラ言いふらさないでよ？　ちゃんと接客はするから。……で、飲み物は？」

「ああ……俺、生で」

「ふたつで！」

「私、レモンサワーください。あとシーザーサラダと、レバーパテ、アペタイザーの盛り合わせください」

「はーい」

スマホサイズのハンディ端末を、タタタッと慣れた手つきで操作する美雨。ここ数か月で覚えた、という感じではない。

この辺りの大学に通ってることから推察するに、入学当初から働いているんだろう。

「じゃあ、少々お待ちくださーい」

美雨が少し素っ気ない態度で席から離れていく。この残り香のような沈黙を、どうにか払わないと。

「……ごめん。俺、なんか怒らせるようなことしちゃったのかも」

美雨《みう》の対応を、接客態度としてどうこう言うつもりは毛頭ない。

偶然の不可抗力とは言え、俺が美雨のバイト先に来てしまった。しかも、頑《かたく》なに知られたくなかったバイト先に、だ。

そのことが彼女にとって怒りに繋《つな》がることだったのなら、怒らせてしまった俺にも少なからず問題がある気はするし。

そもそもこの辺りが美雨の生活圏だとわかっていたんだ。バイト先が近い可能性に気づき、場所を変えるという選択だってできたはず。単なる『たられば』でしかないけどさ。

そう、ひとり反省モードだったのだが、

「別に、怒ってないとは思いますよ？」

意外な返答で打ち返してきたのは、梨花《りか》だった。

「そうなのか？　明らかに素っ気なかったけど……」

「単に、恥ずかしいだけですよ」

「恥ずかしい？」

正直、あまりピンと来ていなかった。どういう理屈なんだろう？

「身内っすからね～。がんばってるところとか、普段の自分と違う姿って、案外見られたくないもんじゃないっすか」

「え、健司《たけし》でもわかるの？」

「『でも』ってなんすか、失礼っすね～！」

ふて腐れたように口を尖《とが》らせる。

けど偽らざる本音だ。健司にも美雨の抱いていた感情が理解できるのに、俺ときたら……。

ふと、フロアのほうに目をやる。カーテンの隙間からカウンター席の様子が窺《うかが》えた。

美雨が男性客からの注文をとっている。「お姉さんかわいいね」と酔った勢いで口説いている、軟派な男だった。

でも、一方の美雨は、

「ありがとうございまーす。生追加してくれたらもっとうれしいでーす」

ドライに躱《かわ》し、ちゃっかり「んじゃおかわり！」と追加オーダー獲得にも成功している。

がんばっている姿は、案外身内には見られたくない。恥ずかしいから……か。

もちろん本来なら、恥ずかしがる必要なんてない。積み重ねてきた努力や行動が、その人の一番尊く、そして一番人の目にとまる表層を作り上げる土台となるんだから。

けど、醜いものと認識している人間がいることも理解はできる。泥臭い行動、汗臭い努力、恥ずかしい失敗の数々を隠したくなるのは、ある意味人間の本質だろう。

梨花たちの言葉を受けて改めて考えてみれば、俺にも少しだけ理解できる気がした。

料理とジョッキを片手に、混み合い始めた店内をせかせかと行き来する美雨の姿を、自然と目は追ってしまう。寝起きの寝ぼけた彼女とは打って変わって、キビキビしている。

ああしてよどみなく動き回れるようになるまで、彼女はたくさんの時間を消費し経験を重ねてきたんだろう。

けど詳しくは語らない。語りたがらない。不格好かもしれない、無様かもしれない……美雨《みう》はそういう、一番敏感なところを悟られたくないいんだ。

ましてやそれが、近しい関係にならなら、なおさらだろう。

ただ、それでも――。

いっぱしに働いている美雨を叔父《おじ》として誇らしいと感じるのも、紛れもない事実だった。


三人での飲み会は、仕事の話やプライベートの話にと様々に花を咲かせた。

会社でも比較的長い時間一緒にいるはずなのに、不思議と話題は尽きることなく。

「叔父さん」

ふいに声がかかり、目を向ける。

すっかり私服姿に着替えていた美雨だった。

「ウチ、もう上がりだから」

「……え？　もうそんな時間？」

慌てて時計を見ると、二十二時をとっくに超えていた。

恐ろしい……。いつのまにこんな時間が経っていたんだ。

明日も仕事だし、さすがに俺たちもそろそろ引き上げよう。

……と提案するより先に。

「美雨ちゃん上がり～？　せっかくだからちょっとだけ飲もうよ～」

「おい、健司《たけし》っ」

ウチの姪《めい》っ子にだる絡みするんじゃないよ。この子、明日も大学があるんだっつの。

健司は酒好きのわりに弱く、調子づいて飲むとすぐへべれけになる。赤ワインのボトルを三人で意気揚々と開け、一本飲み終える頃にはもうこの状態だった。

「ごめんね、この人のこと、気にしなくていいから」

すかさず梨花《りか》がフォローを入れてくれる。

健司と違って、梨花は全然酔っ払っていない。飲んでいる量としては健司とそう変わらない……むしろちょっと多いぐらいなんだが。

以前から薄々気づいていたけど、梨花ってかなり酒豪というか、ザルなんだな。

「先帰ってて大丈夫だよ。疲れてるだろ？」

どのみち、ここいらで引き上げるなら一緒に帰るのもありか、とは思っていたんだけど。

酔っ払いの健司から引き離すには、そう言うのが一番だからな。

「…………」

けど美雨《みう》は、その場でちょっと考え込むように黙っているだけ。

……え、まさか？　と予感した直後には、

「じゃあ、一杯だけ」

「うぇ～い♪　ノリわかってるねぇ美雨ちゃ～ん」

……マジか。

数時間前のカウンター席の客しかり、こういう面倒なやつぐらい軽くあしらえるタイプかと思っていたんだが。

いや、むしろ逆なのか？

日頃ダウナーな雰囲気は出しつつ、ギャルらしくノリは軽い……みたいな？

まぁ、本人が自分の意思で決断したなら、俺がとやかく言うことでもないか。

「ここ座りな」

俺は立ち上がって席を移る。健司《たけし》の横に座らせるという択は、俺の中になかった。お前の隣は俺が座る。

案の定、健司は口を尖《とが》らせた。同棲してる彼女がいるくせに、この野郎め。一応は美雨の保護者なんだ。絶対許さないからな。

「よろしくねぇ」

梨花《りか》の言葉に、美雨は軽く会釈して隣に座る。

健司の隣に座らせるよりは、少しでも年の近い同性とのほうが美雨も安心だろう。

美雨の分のカシスウーロンを注文。届いたところで乾杯をする。

「美雨ちゃん、大学生なんだっけ？　学校、この辺？」

「はい」

「学部は？」

「…………」

梨花の問いに答えを渋っている様子の美雨。前から気になっていたが、美雨は学部や大学名を頑《かたく》なに隠すところがある。

言いたくない理由でもあるのかな。努力している不格好なところを見せたくない心理とも、関係してくるんだろうか？

梨花も、「マズいこと訊《き》いちゃいました？」みたいな顔で俺を見る。

いや、俺にもわからんのよ。

「えっと……先輩――南雲《なぐも》さんと同居してるんだよね？　家での南雲さんって、どんな感じなの？」

「訊いてどうするんだ、そんなこと」

「えー、知りたいじゃないですかぁ。先輩、普段プライベートなとこ全っ然見せてくれないんですもん」

ニヤニヤと笑う梨花《りか》。からかう気満々じゃないか。

そりゃ、見せないのは当然だろう、職場での関係でしかないんだから。

必要じゃない限り、わざわざプライベートを晒《さら》したりしない。

「俺も訊《き》きたいなぁ。会社じゃちょ～優秀な晃《あきら》さんのぉ、あっと驚くイジリネタぁ」

「ちょっとは本音隠せバカ」

隣の酔っ払い、もとい健司《たけし》まで便乗してきやがった。

「叔父《おじ》さんが……優秀？　マ？」

「そのリアクションは傷つくぞ？」

カシスウーロンをチビッと飲みながらにしては、なかなかに鋭い攻撃だった……。

「優秀だよぉ。決断の速さとか、提案力の強さとか……。あとディレクション力も。すっごくわかりやすいの。私、入社してすぐ先輩が教育係になってくれたんだけど、いまちゃんと働けてるのは先輩のおかげ」

「へぇ……」

美雨《みう》よ、なんでそんな不思議そうにこっちを見るんだ。

「そんな目で見られるようなプライベートじゃないだろ？」

「まぁ、うん。ご飯作ってくれるし、美味《おい》しいし……。掃除とかも結構マメで、部屋も片付いてきれいで……」

「な～んだ。意外性なくておもんないっすね」

「いちいちうるさいな」

本当に本音隠す気ないな、この酔っ払いは。さすがに我慢できず健司を小突く。

梨花はケラケラと笑っていた。なるほど？　それはつまり、梨花も同じことを考えていたってことでいいんだな？

「でも――」

指を折って数えていた美雨は、さらに続けた。

「結構、抜けてますよ」

健司と梨花が、ほんの一瞬、固まる。

「ウチが住むからって変に張り切って……こないだも、おかえりのハグしようとしてきて、マ？　って思ったし。料理するとき『叔父さん'sキッチン開幕』とか謎なことゆったこともあります。……あと前に、夜中にアニメ見たまま寝落ちしてた」

ちょっと待て、最後のは記憶にない――。

こともなかった！　美雨がうちに来て五日目の夜だ！

あれ見られてたのか。恥っず……。

「だから逆に、会社じゃ優秀ってほうが意外です。仕事できないレベルじゃないだろうけど、凡ミス多いタイプかも？　って思ってたんで」

……全部、さらけ出された。

まあ別に、知られたら知られたで、しかたない程度のことではあるんだけどさ。

こういう広まり方がちょっと恥ずかしいだけで。

「そうなんですか？」

ごめん、強がった。意外そうに俺を見てくる梨花《りか》のその目はシンプルに辛《つら》い……。

「おおむね、事実として合ってはいる」

「まぁ、なんていうか、あれッスね晃《あきら》さん……」

健司《たけし》がしっとりとした様子で俺の肩に手を置くと、

「美雨《みう》ちゃんの前だと、めっちゃお茶目なんすね！　かわよ～！」

くぅ……！

こうしてイジられる未来しかないから、なおのこと健司には知られたくなかったのに！

「先輩にも、そういうところあったんですね」

しみじみと口にする梨花。その「しみじみ」にどんな感情乗っけてるんだ。

でも訊《き》くより先に、答え合わせのように自分から続けた。

「なんか、ちょっと安心しました」

「……安心？」

「親近感が湧いたから、ですかね。ただただ憧れの存在、ってだけじゃなくて。自分でもいつかは手が届くかも？　って隙があるって言うか」

でも言い終えてすぐ、梨花は焦り出す。

「あっ！　なんか変な言い方してるかも……。その、自分もいつか、先輩みたいな優秀な人になれるかも？って思えたって話です！　もちろん、そう簡単な話じゃないし、もっと経験積まないとっていうのは前提ですよ？」

「い、いや。大丈夫、ちゃんと伝わってるから。慌てるなって」

別に俺は、優秀であろう、責任を背負うにふさわしい自分であろうと努めてはいるが、自分を完璧超人だなんて思ったことは一度もない。

俺よりすごい人なんてごまんといる。そういう人たちと比べて、完璧でもなんでもないことを強く自覚しているぐらいだし。

ただ、そんな俺の人間性や社会人としての評価が、今の梨花のように後輩へいい影響を及ぼすんなら、上司冥利には尽きる。

梨花が自分の発言を健司にいじられている光景を眺めながら、俺は手元のグラスに残っていたワインを飲み下す。濃い果実の香りが胸に広がって満たされていく。ダサいところをさらけ出されはしたが、悪い気分ではなかった。

ふと、キッカケを作った暴露者——もとい美雨に目を向ける。

彼女はちびちびとカシスウーロンに口をつけながら……なぜか、梨花《りか》のほうをずっと見続けていた。梨花本人は健司《たけし》との攻防に夢中で、美雨《みう》の視線に気づいていないようだ。なんだろう。まるで梨花の言葉、あるいは存在そのものに、なにか興味を示しているかのような……。

いや、気のせいか。梨花と健司のやかましいやりとりに、耳を傾けているだけだろう。

そんな美雨のドリンクがなくなった頃合いに、俺たちは会をお開きにして、店をあとにするのだった。


気温は落ち着いたが、まだまだ湿気がまとわりつく夜。

人波の流れに乗って最寄り駅に向かい、途中のターミナル駅まで電車に揺られたあと、俺たち四人は各々《おのおの》の自宅方面へ散っていく。

俺と美雨は、運良く始発の椅子に座ることができた。ここから十五分ほどはかかるので、ありがたい。ぞろぞろと乗車しては来るが、終電に余裕があるからか車内の密度はまばらだった。

「今日はありがとな。付き合わせて悪かったよ」

改めて、今日のことを美雨に感謝する。

「別に……。でも次からは、来るなら来るってゆって…………恥ずいじゃん」

わかった、と頷《うなず》く。

少しうれしかった。「もう来ないで」ではなかったから。

「けど、俺だってちょっと恥ずかしかったんだからな？　家でのこと、あんな赤裸々に暴露されて」

「仕返し成功。うぇい」

気怠《けだる》げなピースで美雨は勝ち誇る。

姪《めい》っ子にそんな態度をとられたら……ダメだな。叔父《おじ》としては、なにも言えないよ。

ため息と共に、肩や表情から力が抜けた。

「叔父さんってさ、ちゃんと仕事できる人だったんだね」

「『ちゃんと』って。できない人だと思われてたんか」

「じゃないけど……。すごいなって」

美雨は真正面を見つめていた。

動き出した電車。立っている人たちの隙間から車窓が見える。窓の向こうは暗がりで、鏡のように車内の光景を反射させていた。

車窓越しに見えていた美雨の目が、不意にうつむいた。

「仕事も、家のことも、ちゃんとできてる。だから、すごいなって思っただけ」

どういう意図で、どういう気持ちで問いかけてきたのかはわからない。

けど俺の生活ぶりに、なにか思うところがあったんだろう。

例えば、自分はいまのままで足りているのか、できているのか、といったように。

でも。

「美雨《みう》だってできてるだろ。学業もそうだし、バイトだって。しっかり働けてて、叔父《おじ》さんとしては誇らしかっ――」

「だからっ。そーゆーの恥ずいって。ヤだ」

「いだっ。ご、ごめん」

思いっきり肘で小突かれてしまった。

本心を素直に言葉にしただけだったんだが……。

俺の言葉を遮るぐらい、美雨としては本当に本気で恥ずかしく、抵抗があるみたいだ。

もっと気をつけないと。今後もうっかり口にしてしまいそうだし。

「ウチは……わかんないよ」

それは、車内の騒音や話し声にかき消されてしまいそうなほどの、小さい声。

「しなきゃいけないから……してるだけで……」

美雨が続けた直後、首がカクンと前に落ちかけた。

「寝てていいぞ。着いたら起こすから」

「……だいじょぶ」

たちまちシャキッと背筋を伸ばす。……が、すぐにまたふにゃっとなってしまう美雨。無理やりがんばろうとしているところは、ちょっとかわいいな。

でも、とうとう堪《こら》えきれなかったのか、俺のほうに少しだけ体を傾けて眠ってしまった。

ギャルなメイクは、一見すると威圧的にも見えかねない。

けどこうして目を閉じている姿は、二十歳《はたち》の可愛《かわい》らしい女の子のそれでしかなくて、愛《いと》おしく感じた。

フワッと香ってくる石けんの匂いは、乗る直前に使っていた汗拭きシートのものだろうか。働いて流した汗水を拭った残り香が、美雨の言葉を反芻《はんすう》させる。

――しなきゃいけないから。

それは学業？　バイト？　はたまたその両方のことだろうか？

いずれにせよこの子からは、常になにかを抱え込んでいるような危うさも感じる。そうまでして自分を追い込むほどの、なにかを。

片時も気を緩められずにいるのかもしれない。昨日のソファーでのうたた寝を見たときは、家に慣れてくれたのかも？　と思いはした。

けど本当にそうなんだろうか。気を緩められずにいるから、なにかの拍子にプツッと切れてしまっただけなんじゃないか？

だとしたら、この子はいま――、

「なにと戦ってんだ……」
俺は叔父《おじ》だ。義理とはいえ、美雨《みう》にとっては家族。
なのに俺は、いまの彼女のことをまだよく知らない。
こうして肩を貸すぐらいしか、寄り添い切れていない。
叔父として守ってやりたいのに。到底、守れているとは言い難い。
そんな自分の不甲斐《ふがい》なさが、腹立たしくも思った。

●とある裏アカのつぶやき

――サヤ　@sayaya_lonely13　2時間前
叔父さんにバ先バレした。恥ずすぎて消えたい。

――サヤ　@sayaya_lonely13　7分前
お酒飲んだのひさびさ？　叔父さんたちの席に誘われちゃって断りにくかったな。
てか部下の男の人チャラかった～。

――サヤ　@sayaya_lonely13　3分前
あの部下の女の人、たぶん叔父さんのこと好きだよね？　知らんけど。
だったらウケる。

――サヤ　@sayaya_lonely13　1分前
…ウケる？

ギャル姪の生態④

「努力を見せるは恥」

第七話　本当の自分

それは、先日の打ち上げからほんの数日後の、木曜日のこと。

「せんぱ〜い……。すみません、助けてください……」

比喩でも何でもなく、梨花《りか》が涙目になって俺のデスクにやってきた。

「どうした」

「さっき藤沢《ふじさわ》さんから連絡があってぇ……。広告案、変更できないかって言われたんです」

「変更⁉ この前のプレゼンでゴー出ただろ。なんで急に……理由と要望は？」

「……あっ」

たちまち、ハッとしたように涙を引っ込ませる梨花。

「聞き忘れたんだな？」

「すみません、パニクっちゃって……。しかも藤沢さん、早口でめっちゃまくし立てるから、こっちが聞き返すターンもらえなくて」

「クライアントの悪口を言い訳に使わない。まぁ気持ちはわかるし、確かにまくし立てる人ではあるけども」

社内なんだから言っても（聞かれても）平気……と甘く考えることなかれ。悪口なんてのは一瞬で拡散し、信用を失う。人の口に戸は立てられないのだ。

わかりやすくシュンとしてしまった梨花に、このまま連絡させて確認をとるべきだろうか。

……いや。プロジェクトリーダーは俺だ。

最終的な決断を下す立場上、情報は正しく認識しておいたほうがいいな。

「クライアントには俺から連絡しておく。梨花は一息ついてきていいよ」

事情を訊《き》かないことには対策も練れない。

対策が練れないなら、梨花に指示も出せない。

動きようがないいまのうちに気持ちを落ち着かせてもらったほうが、後々のためと思っての指示だった。

梨花は「わかりました」とフロアをあとにした。もとより小柄だった背中が、さらにしょんぼりとして小さくなっていた。落ち着いたらフォローしてあげないとな……。

そんなことを考えながら、俺はクライアントに電話を入れた。


結論を言えば。

クライアントの部署内で急遽《きゆうきよ》、小規模な人事異動があり、元の担当者である藤沢さんに加え別の人間がプロジェクトに入ったそうだ。

ただその人のほうが発言力が高いこともあり、藤沢さん判断でＯＫの出ていた広告案がひっくり返されてしまったのだという。

「藤沢さんも粘ってくれたみたいだけど、ダメだったって。電話越しでもわかる平身低頭っぷりだったよ」

「よくあるんですか、こういうこと？」

「珍しいけど、ないわけじゃない……かな。担当がまるっと変わって方針転換されることも、あとになって最新データに沿ったプランに変えてくれって言われることも少なくない。たださすがに、異動の可能性は事前に教えてほしかったなぁ……」

あらかじめわかっていれば、こういう事態への予測や対策も立てられたんだが。

仕方がない。問題は今後だ。

こういうことが起きるたびに、俺たちは徹夜での対応も覚悟する。

「今から変更ってなると、そんなに猶予ないですよね？」

「明日中に欲しいってさ、新しい提案書。週明けまでは待てないって」

「うへぇ……」

わかる。本当に「うへぇ……」だ。

けど文句を言っても納期は延びない。言ったところで詮無いこと。

なら過去のことより、いまどうするかが最優先。

「具体的な修正方針は確認しておいた。いちから作り直す必要はなさそうだ。俺と梨花《りか》とでアイデア出しだな」

健司《たけし》はタイミングの悪いことに、別件を任せていて今日は帰社する予定がない。

呼び戻してもいいんだが、こっちに気をもませるより任せている仕事に集中してもらおう。

「先輩も……？　あの、リテイクなら私ひとりでも……」

「本当に徹夜での対応になるぞ。プロジェクトリーダーとして看過できない。それに、最終的には俺も確認する必要がある。一緒に作り直したほうが効率的だ」

梨花は納得できていないようだった。責任感が強いからだろうか。

それとも、俺にまで余計な仕事を任せることになる負い目だろうか。

けど本を正せば、こういう事態をいままで想定できなかった俺の責任でもある。

こういうとき、後輩をフォローするのも上司の仕事。

ただ梨花みたいなタイプには、そのまま伝えても余計萎縮するだけかもしれないな。

「ちゃっちゃと終わらせて、飯でも食いにいこう。ただし、梨花の奢《おご》りで。俺への負担はそれでチャラでいいから」

「……っ」

梨花の顔つきが少し明るくなる。

もちろん、本気で奢ってもらうつもりなんてない。彼女が重く受け止めすぎず、スムーズに仕事を進めてもらうための方便。

どうやら効果はあったようだな。

「わかりましたっ。爆速で終わらせましょう！　会議室、押さえてきますー！」

「いや、談話スペースで十分だから！」

飛び出していきそうな梨花《りか》を、慌てて引き留める。

……ちょーっと効果てきめんすぎた……かな？


そうして修正案を練り、提案書に落とし込むなどの作業を進めること数時間。

ようやくメドが経った頃には、時計は二十一時を超えていた。

「……よし。あとはいったん寝かせて、明日の昼ぐらいまでかけて調整すれば大丈夫だろ」

データをしっかり保存させ、念のためクラウドに自動バックアップが作られているかもちゃんと確認。

問題なさそうだ。そのままPCを閉じる。

「よかったですぅ……」

隣の梨花は、机に突っ伏してとろけていた。アイデア出しで脳を酷使しすぎた疲労だろう。

これが漫画やアニメなら煙が頭から上っている。

なお作業に使っていた談話スペースのテーブル上には、エナジードリンクとコーヒー、その他甘い飲みものの空き缶やペットボトルがドミノのように並べられている。

ちょっと飲み過ぎな気がしたけど、見なかったことにした。

「んじゃあ、帰るか。今日はもうゆっくり休もう」

「え？」

不思議そうに顔を上げる梨花。

「ご飯、行かないんですか？」

「え？」

そんな約束してたっけ？　と一瞬疑問に感じるも、すぐに思い出す。

「ああ、梨花の奢《おご》りでってやつ？　あれ冗談だよ」

「え!?」

一層驚いた様子で梨花は素《す》っ頓狂《とんきょう》な声を上げた。

というかお互い「え？」ってリアクションだけで会話が成立してるの、なんかおもしろいな。

「当然だろ、本気で後輩に奢らせるわけないから」

「奢る気満々だったんですけど……」

「むしろ、なんで？」

まさか額面通りに受け止められるとは思ってもみなかった。

「だって、本当は私の仕事だったのに……。わざわざ手伝ってもらっておいて、なにもお返ししないのは納得できないです」

「最終的には俺もチェックする仕事だから、効率的に動いただけだって。俺の仕事でもあるから残業した。それだけのことだ」

「理屈はわかります。でも私の感情が納得させてくれないんです！」

とは言ってもなぁ。

困り果てていると、なぜか梨花《りか》はムッとなった。

「……面倒くさい女ムーブしてもいいですか？」

「どういうこと⁉」

「先輩とご飯行くまで、今日は帰りませんから」

「本当に面倒くさいな！」

しかも許可していないのに、面倒くさい女ムーブ……。

でも、これ以上さらなる面倒くさい女ムーブをかまされても困る。彼女の気持ちまでは無碍《むげ》にできない。

「わかった。ご飯は食べに行こう。でもせめて割り勘だ。それでいいか？」

俺の折衷案にどうにか納得しようとしているらしく、梨花はパターンの違う『難しそうな顔』を三つ四つ繰り出した。顔芸、器用なやつだな。

そして、最終的には絞り出すように、

「……はい、ありがとうございます」

「ならもう少し納得した顔で言ってくれない？」

奢《おご》れないことがよほど不満らしい。顔がそう物語っていた。

妙な方向に頑固なやつだ。自分をハッキリ持っているとも言うが。そこは表裏一体の良し悪《あ》しだな。

その点美雨《みう》とは、同じ頑固でもちょっと系統が違うんだな、と感じた。

美雨は自分の内側に溜《た》め込んで我を通すタイプ。こちらに強要はしてこないし。

……と、そうだ。美雨だ。連絡しておかないと。

残業が決まった時点で帰りが遅くなる連絡はしていたが、食事してから帰宅となるとさらに遅くなる。心配させないためにも、一応伝えておかないと。

メッセージアプリを立ち上げて、トトトッとメッセージを打ち込む。

とはいえ、この時間はバイト中だろう。今日、シフトに入ってるって言ってたし。

メッセージを投げるだけ投げると、俺たちはテーブルを片付けて会社をあとにした。


梨花はコッテリしたものが食べたいというので、駅前に店を構える中華屋さんに入った。

個人経営のお店で、昼はランチもやっている繁盛店だ。

席について定番どころのメニューをオーダーする。飲み物は明日の仕事も考慮して、酒は控えて黒ウーロン茶をふたつ。

店員さんが下がると同時に、なぜかドッと疲れが押し寄せてきた。

椅子の背もたれに全身を預ける。

「はぁ……お腹《なか》すいたな〜」

同じようにソファー席の背もたれに身を預けつつ、梨花《りか》は楽しげに言った。

「それな。空腹で疲れも二倍に感じるよ」

「ですね。でも、なんかちょっと達成感もありますよね。こういうときのご飯、絶対美味《おい》しいですよ♪」

「そう……だな」

梨花は妙にウキウキしている様子だった。

なにがそんなに楽しみなのか……いや、飯が楽しみなのか。食い意地張ってるな。

やがて飲み物とつまみ代わりのザーサイ、クラゲとキュウリの和え物が並ぶ。乾杯して、他愛《たわい》のないことを話しながら箸を進めてく。

そういえば、梨花とふたりだけで食事に来たのも、ずいぶん久しぶりだ。

いまのプロジェクトチームができあがってからは、大体いつも健司《たけし》を含む三人で行動していたからな。梨花との一対一は、俺が彼女の教育係についていたときの一度きり。それも七〜八か月前とかだ。

こうして改めて対面してみるとよくわかるが、梨花は本当にコロコロと表情が変わる。

美味しいと感じたときには目だけで感動しているのがわかるし、不満げになにか話すときは頬がよく膨れたり唇が尖《とが》る。

楽しい話をしているときは顔全体がキラキラしているし、真面目《まじめ》な仕事の話題ともなれば、言葉のひとつひとつを聞き漏らすまいという真剣さが眼差《まなざ》しからも伝わる。

そんなふうにつぶさに観察してしまうのは、さっきから彼女と美雨《みう》とを比べてしまっているからだった。

年齢もほど近い同性同士。なのに、こんなにも二人は違う。

もちろん、いまの美雨を否定する意図なんてこれっぽっちもない。

美雨の普段のドライで気怠《けだる》げな、自分自身にすら無関心なスタンスは、家庭環境に多分な影響を受けているだろうことも想像に難くない。いまの美雨を否定することは、そんな、いまさらどうすることもできない過去すらも否定することになりかねない。

……ただ、もしも。

美雨が梨花と同じような人生を歩めていたとしたら？　そんな、希望にも絶望にもなりそうな空想への足がかりを、無意識に求めていたのかもしれない。

メインの料理も届き始め、適当に摘《つま》んでいる最中。

話題の切れ目を見計らって、俺は率直に訊《き》ねた。

「梨花って、どんな学生生活を送ってたんだ？」

「……へ？」

急な話題だったからだろうか。梨花《りか》はキョトンとなってしまった。

変な意味に捉えられているかもしれない。言葉足らずだったかな。

「梨花ぐらいの世代の子って、どういうふうに過ごしてたのかなって気になってさ。仕事の参考になるかもしれないし」

「ああ、確かに」

納得してくれたらしく、梨花はなにかを思い出すように虚空へ目をやった。

「でも、普通の学生でしたよ？　地方の普通科高校卒業して、東京の大学に通って、遊びとバイト両立させながら楽しく過ごして……みたいな」

「じゃあ、もう少し深掘るけど。どういう友達が多かった？」

梨花は「うーん」と唸《うな》る。

「アクティブな子が多かったですね。週末になるとみんなで計画立てて、あちこち遊びに行ってましたし。私もひとりの時間って苦手で、予定入れてないと落ち着かなかったから、すごく助かってました」

梨花の普段の明るさや運動部系っぽいノリのよさを考えると、納得だった。

本人の人格は前提として、交友関係からも「いまの梨花らしさ」は形成されていそうだ。

「その友達は、いまどんな仕事を？」

「いろいろです。ユーチューブの動画制作会社に行った子もいますし、アパレル系の仕事に行った子、不動産系、銀行員、教員……美容師目指すって専門学校入り直した子もいますね」

「本当にジャンルがバラバラだな」

「いろんなことに興味があって、あれこれ手を出しまくって、気づいたらやりたいこと見つけた……ってパターンが多いんだと思います。あとは、元々の夢とか目標だったパターン。教員とアパレル行った子はそうですね」

確かに大学生なら、モラトリアムを存分に使っていろんなことに手を出すのもわかるな。

そうして興味関心を広げ、できそうなことにトライし、できることを増やし、やりたいことを見つける。普通のことだ。

そう考えると、やはり美雨《みう》にはモラトリアムが少なすぎる気がしてきた。ネガティブな意味でのそれではなく、「責任ある人間へ成長するのに必要な猶予期間」としてのモラトリアムが、美雨にはないように思う。

バイトが大半を占め、それ以外の時間は、遊ぶのではなく学校の課題などに費やしている。猶予を設けず自立のために努力するのは立派なことだ。モラトリアムをだらけて棒に振るよりは建設的。

けど生き急いでいるような危うさは拭えない。ときには急がば回れ。モラトリアムの中で人間的に成長することもある。

美雨のあの余裕のなさ。それこそが、梨花との決定的な違いなのかもしれない。

ただ逆に考えれば、彼女にはそうまでしてでも学びたいなにかがあるんだろう。

それがわかれば……美雨《みう》のあの危うさに、もっと寄り添ってあげられるんだろうか。

「そういう先輩は、どんな学生時代だったんですか？」

思案している間に、梨花《りか》はここぞとばかりに差し込んでくる。

「俺の話はいいよ。おもしろくもないし」

「えぇ～？　私も話してあげたんですから。交換条件ですよぉ」

「あとから要求してくるクライアントは信用できん」

「じゃあ、こっちは同意なく強要されました～って訴えちゃいます♪」

「やめろ。シャレにならんから、ご時世的に」

ニマニマと意地の悪そうな笑みを浮かべる梨花。

会社の先輩相手でも抵抗なくこういう態度を向けられるのは、間違いなく梨花の強みだ。こうして接すれば、『生意気な後輩』としてかわいがってもらえることをわかっているんだろう。やり過ぎれば『あざとい』『無礼だ』と一蹴されてしまいかねない、絶妙なライン際。そこを鋭く攻めるのが巧《うま》い、シンプルなコミュ力お化け。彼女の学生時代の交友関係を聞き、改めて納得する。

学校の部活やサークル、バイト先なんかでも、存分に慕われていたんだろうな。

「でもマジで、俺の話はおもしろくないよ。ちょっと重いし」

「重い？」

俺のこれまでの学生生活――特に高校と大学は、常に「姉の死」という事実が付きまとう期間だった。

その話題から避けられない以上、こういう場で話す内容にふさわしくない。

せっかくの美味《おい》しい食事が、お通夜ムードになってしまってはもったいない――、

「……そんなに太ってたんですか？」

「その『重い』じゃない。重たい話題ってこと」

ボケにしても安直すぎるわ。

もっとも、重いと言っても俺自身は話すことに抵抗はない。

そうした過去や経緯も含めて、いまの『俺』なんだから。

それに、前にプロジェクトメンバー三人で蕎麦《そば》屋に行ったときも、姉の死については断片的にだが話しているしな。

ただ、相手が聞いていて気持ちいい話題でないことは承知している。

今日この場の空気を慮《おもんぱか》って、話題に上げるのを控えていただけだ。

「大丈夫です」

でも、そんな俺の思いを察してくれたのか、梨花はおちゃらけた雰囲気を一切見せず、

「ちゃんと聞きますから」

その真剣な声音に対し、幾ばくかの逡巡《しゅんじゅん》を経てから……俺は観念してしまう。

「……姉を亡くしてるって話は、前にしただろ?」

「はい。覚えてます」

息と共に吐き出すようだった俺の言葉を、梨花《りか》は頷《うなず》いて返した。

妙に乾く舌先を潤すように、黒ウーロン茶を一口含み嚥下《えんげ》してから、俺は続けた。

「俺も大概ショックだったけど、親がかなり精神的にまいっちゃってさ。体調崩しがちで。それもあって、俺だけは苦労かけず不安にもさせないように……って躍起になってたんだ」

もちろん、学生の身でできることなんて高が知れていた。

だからこそ、できる限りのことはやってきたつもりだ。

「それは、高校生のころから……ですか?」

「そう。高一のときから」

勉強に力を入れて、社会に出たときのことも考えて大学を選び、苦労なく進学。

ひとりでもきちんと生きていけることを証明するため、一人暮らしを始める前から、率先して家事全般を手伝い学んだっけ。

「だから大学も、入ったからにはしっかり勉強して、仕送りになるべく頼らないようバイトも両立させて。けど今後の糧になるだろうから、ちゃんと遊びの時間も充実させてきた」

そういう生活をしていると、周囲からも『よくできた人間』『要領がいい』『頼もしい存在』

と思ってもらえるようになった。それを肌で感じていた。

単純にうれしかった。頼られることも、なにかを任せてもらえることも。

「すごいですね」

梨花は感心している様子だった。

「そうやって先々のことを見据えて行動できる高校生や大学生なんて、普通、そんなに多くないですよね。でも先輩はできてたんだ……」

「少ないかな？　やりたいことがある人だって、似たような思考法になりそうだけど」

「そもそも、やりたいことが最初から明確に決まってる人のほうが珍しくないですか？　それに、先輩のそれはいわゆる『夢』とかじゃなくて、なんて言うか……」

しばし、思案する時間を空けてから、

「『生き方』みたいなものかなって。成人前から定まってる人なんて少数だと思いますよ」

ああ、確かに。俺のこれは『生き方』の話だ。

彼女の形容は、ストンと腹に落ちた。

「なんかわかった気がします。先輩がいつも頼もしく感じる理由」

梨花は、ふふっと笑みを浮かべた。

「そういう責任感あるところとか、見通しをしっかり立てられるところが、先輩の頼もしさの根っこなんですね」

彼女なりの、純粋な言葉なんだろうな。

けど、俺はもう知っている――。

「どうだろうな。そんなことないような気もする」

「……?」

――当時の本当の俺は、そんな立派な人間じゃなかったってことを。

周囲から『よくできた人間』と思われたかった。誰にも心配や不安を抱かせないために。

でもそれは結局、自分をただ「よく見せたい」だけだったんだ。

弱みを見せず、欠点を露呈させず。「よくできた人間」と評価され、頼られることのぬるま湯に溺れ。不器用なところは見せないようにと隠す癖がついていたに過ぎなかった。

俺の本質は、根っこは、別に頼もしくもよくできてもいない。

そう見えるよう振る舞っていただけ。結局それは――、

「単なるいいかっこしいだったんだよ。ひとりで大抵のことをこなせる程度には、人より少しだけ優れていたかもしれない。けど抜群に優秀というレベルにはなれなかった」

周囲から『よくできた人間』『頼もしい存在』と思われたい生き方は、『できない人間』『頼りない存在』と思われない生き方と表裏一体だ。

前者のようでありたいと強く思うあまり、気がつけば動機が逆転してしまった。

そんな愚かさの象徴が、俺の大学時代――そして社会人最初の二年間だった。

「先輩って、もしかして」

恐る恐る尋ねるように、梨花《りか》は続けた。

「自分で自分を、あまり信じられていないんですか?」

「昔はそうだったな。さすがに最近は、そんなこともなくなってきたけど」

社会に出て自分が——自分の本質が、いかにみっともなかったかを痛感した。

いいかっこしいのままじゃ結果は残せない。そんなんじゃ認めてもらえない。当たり前だ、社会はお遊戯じゃないんだから。

「いままでいろんな下手《へた》こいたけど、その末に得られたうれしい結果もたくさんある。そうやってがむしゃらに生きてきた結果の『いまの自分』は、それなりに信用してると思う」

でなければ、これまで関わってきた人たちや、いまの俺を信頼してくれている人たちに対して、示しがつかない。冒瀆《ぼうとく》だとも思うし。

「それなら、いいんですけど……」

「な? みっともなくてつまらない話だっただろ?」

いやに真面目《まじめ》な空気になってしまったのを、笑みを交えて解《ほぐ》す。

喋《しゃべ》って乾いた口を黒ウーロン茶で潤した。

ふと、美雨《みう》のことが脳裏をよぎる。自分のことを言葉にして振り返って、より解像度が上がったからだろうか。

やはり美雨《みう》も、当時の俺と同じだったりするんだろう。

境遇も動機も違うかもしれない。

けど彼女の危うさには、明確に、当時の俺と通ずるものが――、

「私も、ちゃんと信じてますからね。先輩のこと」

突然の梨花《りか》の言葉に、思考が分断される。

彼女のほうを見ると、いつになく真剣な面持ちだった。

「尊敬してるのも本当です。教育係として指導してもらってるときから、その気持ちはずっと変わってません。いまの話を聞いたって、それは変わってませんから」

「お……おう」

俺を真っすぐ見据えるのは、妙に熱のこもった瞳。

「だから先輩も、自分のこと、いま以上にもっと信じてあげてください。そしたら『先輩を信じる私』を信じることにも繋《つな》がって、それが『先輩を信じる私を信じる先輩自身』をまた信じることに繋がって、えっと、つまりその……」

一瞬の沈黙を経てから、

「…………あれぇ?」

「それはこっちのリアクションだよ」

結局なにを言いたかったんだこいつは。

「うう……。話したいことまとめるの、ムズ過ぎます」

「梨花は猪突猛進《ちょとつもうしん》気味なところあるからな」

「耳が痛いです」

「自覚してるようでなにより」

少し落ち込んだように顔を伏せた梨花。

けど、しばし間を置いてから。

「えっと、だから――」

そう、改まった様子で告げる。

「私のことも信じて、いつでも頼ってくださいね」

しんと静まりかえったように錯覚した。

さっきまで聞こえていた他の客の話し声が遠くなり、梨花のその言葉だけが、するすると耳に入ってきた。

そこはかとなく、背中がムズムズとする。悪い心地ではけっしてない……のだが、あまりのこそばゆさに言葉がうまく出てこない。

「ああ、頼りにしてる」

「……へへ」

けど、こんなことを言わせてしまったんだ。

信頼していることはまっすぐ答えないとな。

「梨花《りか》は俺にとって、自慢の後輩だよ」

「…………」

急にスン……と真顔になった梨花。

つい一秒前はニコニコしてたのに。どういう感情の表れだよ。

「……え。どした？」

「自慢の、後輩……ですよねぇ。そうですよねぇ」

今度は盛大なため息をつく。

その反応……さすがに二十六年も男として生きてきているんだ。察せられないほど鈍感ってわけじゃない。

梨花はもしかして、俺に対して好意が……？

……いやいや。さすがに自惚《うぬぼ》れか。

よしんば好意を持たれていたとしてもだ。女性として魅力的な梨花に想われるのはうれしいが、さすがに職場の後輩だからな。

いずれにせよ、この違和感には気づかなかったフリをするのが大人の対応だろう。

しかし……わかりやすくシュンとしている梨花に無視を決め込むのも、これはこれで罪悪感がひどく居たたまれない。

困ったな、どうしたもんか……と頭をフル回転させていると。

「――やっぱちょっとだけお酒飲みたいです！　いいですよね？」

いきなり顔を上げて、やけにでもなったように店員を呼ぶ。

「すみません紹興酒《しょうこうしゅ》ください！」

「いや、明日も仕事あんだぞ？　大丈夫か？」

「私、お酒強いんで。それに、飲まにゃやってられんですよ！」

今度は怒ったような口ぶりで、残っていた黒ウーロン茶をグイッと飲み干した。

単なるヤケ酒じゃねぇか……。

結局そのあと、梨花は三十分強で紹興酒の小瓶を二本も飲み干した。

日本酒と同程度――酎ハイなんかより全然強いアルコールをグビグビと流し込んだにも拘《かか》わらず、マジで梨花はちっとも酔っ払わなかった。肝臓が強すぎる。

しかも、その会計時。

「はぁ……記憶ぶっ飛ぶぐらい酔っ払えたらなぁ」

「勘弁してくれ」

どういうぼやきだよ……。

ギャル姪の生態 5

「料理は苦手」

幕間

「美雨《みう》ちゃん、店長が上がっていいって」

休憩上がりの社員さんに言われて、ふと壁掛けの時計に目をやる。

もう二十二時になろうというタイミング。

今日は平日のわりに混んだせいか、時間が早く過ぎた気がするな。

ちょっとラッキー。疲れたけど。

「二十八卓、バッシングの途中なんですけど……」

「こっちでやっとくよ。気にしないで」

残業手当をつけないためだろう。

仕事が中途半端なのは嫌だから片付けちゃいたかったけど、お店側にも事情がある。

すぐ終わるんだけどな、と言おうとするより先に、デシャップカウンターに料理が置かれて遮られる。

「はいこれ、賄《まかな》いね」

今日の賄いはカレーだった。お店のメニューにはないけど、お肉料理のロスや端材を効率よく消化できるので、週に一～二回は作ってくれる。ぶっちゃけ、メニュー入りしてもいいんじゃない？　ってぐらいには美味《おい》しい。

「ありがとうございます。お疲れさまでした」

ともあれ、こう先手を打たれちゃってはしょうがない。

ペコッと頭を下げて、賄いを持ってバックヤードへ向かった。

飲食店――特に居酒屋やダイニングバーは、数あるバイトの中でもバカ忙しいほうだ。探せば他に楽な仕事も稼げる仕事もあるのはわかってる。なのにあえて選んだのは、飲食店の中では基本給が高めで、賄いで一食分の食費を浮かせられるから。

深夜給のよさから夜勤のバイトも考えてみたことはあるけど、あれは百パー授業に響くから選択肢から外した。水商売も、体験はしたことあるけどノリが合わせられなくて無理だった。

結果的にこのお店に落ち着いたのは、自然な流れだったんだと思う。

大事な大事な一食を片手に、ノックしてからバックヤードのドアを開ける。

八畳ぐらい（たぶん）の部屋はすごく簡素だ。

中央には、キャンプ道具みたいな折りたたみのテーブルと数台の椅子のセットが置かれている。部屋の角にはカーテンで仕切られた狭い空間があって、女子はそこで着替えている。

その対角線上の隅には、ノートパソコンの置かれた作業スペース。テンチョーや社員さんが日報作ったり発注かけたり、ウチらバイトの勤怠管理に使っている。

「……いない？」

普段ならそのパソコン前にいるはずのテンチョーが、見当たらない。

さっきまで休憩してた社員さんと一緒だったはずなんだけど。

……まあ、いいや。

入り口そばの壁にかけられているタブレットで、自分を退勤扱いに。

テーブルに賄《まかな》いを置くと、簡素なロッカー――もちろん鍵なんてついてない、たくさんの正方形が集まってる棚――に置いてあるバッグから、スマホを取り出す。

スリープを解除しつつ、椅子に座る。

ディスプレイには、受信したメッセージが数件ポップアップされていた。

大学関連の内容と、同じ学部のグループメッセージ。

「――あ」

そして叔父《おじ》さんからも、一件。二十一時ごろ。

最初に残業するって連絡あったのが、確か十七時過ぎたぐらいだったっけ。

ずいぶん遅くまで残業してたんだな……。叔父さんにしては珍しい気がする。

アプリを立ち上げて確認する。

『後輩と食事してから帰ることになった！　十一時を過ぎると思う！』

ついでにアニメキャラが『ごめん』と手を合わせているスタンプまで丁寧に。

別に、謝るようなことじゃなくね？　自分ちなんだし。

そんなことを思いつつ、返事を打った直後だった。

部屋の奥、非常階段に繋《つな》がるドアがガチャリと開く。

「おっ。美雨《みう》ちゃん上がった？　お疲れ～」

入ってきたのは女の人。

長い髪を頭の高いところで一本に結った、見た目三十代半ばの大人びた女性。

この店を任されている、テンチョーの楓《かえで》さんだ。

「お疲れさまです。タバコ？」

「うん。労働者のご褒美タイム♪　疲労困憊《こんぱい》の全身へ、血中から染み渡っていくニコチン！　体が蝕《むしば》まれていくこの快・感……！　たまらないよねぇ」

「どう聞いても害悪でしかなくて草」

「ありゃ手厳しい。まあ実際そうなんだけど。美雨ちゃんは吸っちゃダメだぞ〜」

「はい」

これまで一度も、ウチはタバコを吸ってみたいと思ったことがない。

もちろん、吸う人を否定するつもりはない。他人に迷惑をかけず自己責任で吸う分には、好きにしたらいいと思ってる。

ただ、そーゆーことをいうたびに、意外に思われた。

ギャルなのに吸わないんだ、って。

ギャルはみんなタバコ吸うと思ってるのかな。なにそれ、変なの。

ウチは、キッカケこそなんとなくだったけど、いまは好きでこーゆーカッコや見た目をしているだけだ。

おかげで高校時代、あの窮屈だった日常から解放される瞬間も作れた。その微《かす》かな喜びがウチを強くしてくれた。だから好きなだけで、ギャルかギャルじゃないかは関係ない。

なのに見た目で決めつけてくる人の、なんと多いことか。

まあ、決めつけられることは高校の頃にさんざん経験して慣れたし、シカトするのが一番なのも知ってるけどさ。

でもその点、この人は違う。

「今日は忙しかったねぇ。平日だし楽できると思ったのにさ〜。……いや、飲食店の営業が楽なのも、それはそれでどうなの？って話だけど、売り上げ的に。でも金土日が地獄なんだから、ちょっとぐらいは……ねぇ？」

「はぁ」

「あ、あれ？　あまり同意得られてない？　もしかして、もっと働きたい？」

「体力と勉強時間次第ですけど。お金稼げるなら、残業は全然あり寄りのあり的な」

「ひゃ〜。働き者ぉ！　偉いっ！　美雨《みう》ちゃんしっかりしてるし、ウチとしても助かっちゃうなぁ。ただ人件費がなぁ」

「半分は冗談なんで。気にしないでください」

「うん。でも、助かるのはマジだよ。どうしても人足りないときは優先的にお願いするかも」

テンチョーは、見た目でなにかを決めつけるような人じゃない。

さすがは店長を務めるだけあって、ちゃんとその人の本質を見抜き、仕事ぶりで判断できる人だ。女性社員やバイトのメイクにも比較的緩いし。ただし、ネイルを除いては。

そーゆーところがすごく楽だった。居心地がいいバ先。だから長く働けているんだと思う。

ウチが大学に進学してすぐ面接受けて、採用してもらっていまに至る職場がここだ。

その間、お客さん相手に嫌な思いを受けたことは多少ある。けど職場の人間関係では一個もない。

それが、息の詰まるような日常の中での、数少ない救いだった。

「でもさー、美雨ちゃんってさー」

テンチョーの不意な言葉に、顔を上げる。

「なんでそんな稼ぎたいの？」

パソコンのほうを向いたまま、彼女はなんともなさそうにボールを投げてきた。

一度受け取って、ウチは少し考え込んでから、

「変、ですか？　大学生が、お金稼ぎたいって」

「うんにゃ、全然？　気になっただけ」

テンチョーは相変わらず、パソコン画面——たぶん、売り上げとか経費のデータだと思う——を見つめたまま続けた。

「ただ美雨ちゃんの学部って、課題っていうか実習がそこそこ多くて大変なんでしょ？　なの

に、ガッツリシフト入ってくれてる。休んだり遊んだりしてるのかなって」

「……休んでますよ、それなりに」

なんて。半分以上はウソ。少なくとも遊ぶ時間なんてない。作るつもりもない。作っている場合じゃないんだ。

だって、いつまでもあの家に、あの人に、甘えてていいわけがないんだから。

叔父《おじ》さんに愛想尽かされて追い出されるより先に、お金を貯《た》めて自分からあの家を去る。

そのためにも、自立する生活費が早く必要なんだ。

「あとウチ、結構働くの好きなんで。気も紛れてお金も稼げて、イッセキニチョー的な？」

「気も紛れる……ねぇ。あたしぐらいの年齢ならともかく、まだ切羽《せっぱ》詰まるような年頃でもないと思うんだけど。悩みは人それぞれってか」

「じゃあテンチョーは、切羽詰まってる系？」

「そりゃあ！」

秒でこっち向いた。ずっとパソコン見てたのに。必死か。

「忙しすぎて出かける予定もない、たまの休みも誰とも予定合わない！　ならばとマッチングアプリ使おうものなら、どいつもこいつもヤリ目ばっか。婚期無限延長ループ！　あたしの人生もはや背水の陣だよ、背水の陣!!」

「バカ怒っててウケる」

「笑いごとじゃないんだよ～！」

三十代って大変なんだな。

けどそれ、いま本人に言わないほうがいいよね。たぶん。

「休みが～、ほしいぃ～♪　出会いが～、ほしいぃ～♪　……知ってる？　このメロディー」

「ううん」

「ギャー！　ジェネレーションギャップ！　これが年を取るってことかぁ……」

芸人目指したらワンチャン売れそうな人だな……なんて思いつつ。

出会い、かぁ。

ふと、叔父さんにはそーゆーのあるのかな、なんて思ってしまった。

浮いた話全然聞かないし。たぶんないんだろうな。

……いや。ワンチャン、宮野《みやの》さんとか？

前にこの店来たときも一緒だった、叔父さんの後輩のひとり。年がウチとそんなに変わらないからかな、ウチから見ても、どことなく犬っぽく感じた明るく快活そうな人だったっけ。

でも、ウチは見逃さなかった。

女の勘……って程でもない、フワッとした予感だけど。

宮野さんは叔父さんに対して、好意を抱いている。

……と、思う。たぶん。知らんけど。

近くにいたもうひとりの……広川《ひろかわ》さん？　に対しては結構素っ気なかったけど、叔父《おじ》さんに対してはそうじゃなかったもんな。

……え、てかヤバ。

あの席でウチ、叔父さんのダサいとこ、めっちゃ暴露ってね？

宮野《みやの》さんが引いちゃってる感じはなかったと思うけど……。出会いの目を摘んじゃってないかな。摘んでたらどうしよ。てかもう詰みだったり？

マジごめん、叔父さん。でもたぶん、宮野さんなら受け入れてくれるっしょ。

あの程度のことで薄れるような想いなら、実っても続かないだろうしね。

……って、なんの心配だコレ。ウケる。

てかなんでウチがこんなこと考えてんだろ。なんだったっけ、キッカケ？

不思議に思いながら、手元のスマホに目をやる。

そうだ。叔父さんのメッセージだ。

後輩と食事。てことは、広川さんと宮野さんだろう。

あるいは、そのどちらかひとりと。

もし宮野さんとふたりだったら……って可能性が頭の隅っこにチラついているから、ナゾな心配をしてたんだ。

……でも待って。もし今日、なにか動きがあったとしたら？

いくつかの展開パターンが頭に浮かんだ。

「……テンチョーってさぁ」

「なぁに〜？」

「後輩の社員さんとご飯行っていい感じになって、そのままエッチしたことある？」

ごふっ、となにかを吹き出す音がした。

ふとテンチョーのほうを見たら、エナドリを飲もうとしていたところだったっぽくて、ディスプレイが霧吹きかかってるみたいになってた。

「なにをいきなり……。どゆこと？」

「だからぁ、会社の後輩とご飯行って流れでエッチしたこと――」

「いい、いい！　皆《みな》まで言うなって……」

耳、赤。この手の話、苦手な人だったっけかな？

慌てた様子でテンチョーは続けた。

「ないよ、ないない。さすがに会社の後輩に手は出さんって」

「なんで？」

「面倒だからだよ、社内でのそういうこと」

そーゆーもんなんだ。

社内だからこそ、顔会わせる機会も多くて楽なのかなぁって思ってたから、意外だ。

「中には手ぇ出したり、付き合った人もいるのは知ってるけど。うまくいくケースは珍しいんじゃないかな。仕事の愚痴とかで不満溜《た》まるって聞くし」

ああ、なるほど。ちょっと理解。

仕事が終わってもそーゆー話を家に持ち帰ってたら、確かにお互い休まらないかも。

「まぁ、職種やその人次第だとも思うけどね。てか、え？　なに、美雨《みう》ちゃん――」

「ウチの話じゃないです」

誤解される前に秒で答えておく。

「ちょっと、気になっただけ……です」

そう。気になっただけだ。もし今日、叔父《おじ》さんと宮野《みやの》さんがいい感じになったら？　って。

そりゃ大人の男女だもん。そーゆー展開は全然あり得る。

問題はする場所だ。

今日は平日。明日だって仕事。

って考えると、ラブホはなさそう。宮野さんの着替えの問題があるし。

じゃあ、どっちかの家で、ってことになるよね？

やっぱ着替えの問題を考えると、宮野さんちが可能性大だけど……がめついと思われたくなくて、うまく誘って叔父さんちで、ってこともなくはない。

でもいざ叔父さんちで、ってなったとき、叔父さんにとっては問題がある。

ウチの存在だ。

せっかくいい雰囲気になったのに、連れ込めない理由がウチにあって、結局解散。

そんなの、ウチが叔父さんたちに迷惑をかけている以外の、なにものでもない。

仮に今回は問題なかったとしても、相手が宮野さんじゃないとしても。叔父さんが誰かと付き合うことになったら？

居候してるウチの存在は、ますますふたりにとって邪魔になるってことだよね。

……ああ、気づけてよかった。

でも、気づかなきゃよかった。

結局こうなんだもん。叔父さんの優しさに甘えるってことは、叔父さんの人生に迷惑をかけてるってことと、同じなんだよ。

「……あの、今度の土曜、ウチのシフト十時までですよね？」

邪魔な存在だなんて、これっぽっちだって思われたくない。

「締め作業やるんで閉店まで働いていいですか？」

働いて、稼がなきゃ。無理をしてでも。

テンチョーは振り返ると、ウチのことをまじまじと見つめてきた。

「……検討はする。でも、期待はしないで」

心なしか真剣な声だった。

「ちゃんと休ませてあげて。体だけじゃなくて、心も。じゃないと絶対続かないよ」

テンチョーがウチを気遣ってくれているのはわかる。

それでもウチは……と、口にしたかった。

でも、やめておく。

「ありがとうございます」

素直にお礼だけゆって、空になったカレーの器を返しに行くため立ち上がる。

――違和感を覚えたのは、そのとき。

ほんの少し、耳の奥がジィン……とした。

いったん気にせずバックヤードを出ると、そこでも一瞬、音が遠のくような感覚があった。

バイトの疲れで立ちくらみかな……。

いやでも、もしかして……とスマホでアレの管理アプリを開く。

やっぱりだ。周期的にはそろそろ。面倒くさい話だ。

でも次の休み――火曜まではなんとか持つだろう。最悪、我慢すればいい。慣れたもんよ、こちとら。

スマホをしまうと、何事もなかったように洗い場を目指した。

ちなみに。

結論として、叔父《おじ》さんは普通に家に帰ってきていた。

何事もなかったっぽい。

「おかえり。コンビニで買ってきた杏仁《あんにん》豆腐あるぞ。食うか?」

こっちがあれこれモヤモヤと考えていたなんて知るよしもなく、いつも通りの優しい笑顔で迎えてくれた。

その様子に、どこかホッとしているウチがいて驚き。

「……食う」

コンビニ杏仁の美味《おい》しさにも、またびっくりした。

ギャル姫の生態 6

「遠慮みが深い」

第八話　溶けだす

社会人になって改めて痛感するのは、子どものころ特有の万能感だ。

あの頃は、自分はなんにでもなれると思っていた。どんな大層な夢だって叶うと信じて疑わなかった。

でもそれは、翻せば無知故の思い上がりに過ぎなかった。

義務教育の九年、あるいは高校含めた十二年間で、おおよその人間は様々な学びを得て、身の丈に合った目標を抱く。もしくは、数多《あまた》の可能性の中から現実的なものにのみ絞るようになっていく。

けどだからって、未成熟な子どもの思い上がりを否定してはいけない。むしろ子どもは、たくさんの未来予想図を持っていて然《しか》るべきだろう。可能性しかないうちから道を絞るのは、悪手だと感じるし。

ただもしも、可能性ばかりであるが故に、道が定まらないとしたら？

「将来の夢ってどうしたらいいかなぁ？」

当時九歳の美雨《みう》も、まさにそんな行き止まりに直面していたんだと思う。

「美雨の将来の夢を書けばいいんじゃね？」

俺は自室のベッドの上で仰向けになり、漫画を読みながら答えた。

その日は姉ちゃんと旦那さんが結婚記念日で食事に出かけていて、美雨は俺の家でお留守番をしていた。

姉ちゃんからは、美雨がちゃんと宿題をやるよう言って聞かせつつ監視しててほしい、とお願いされていた。美雨が俺の勉強机に座って向き合っていたのは、まさに宿題の作文だった。

「だからー。その将来の夢をどうしたらいいの？　ってこと。叔父《おじ》さんももうちょっと真剣に考えてよー」

「なんで美雨の夢を俺が考えんの。自分で考えなよ」

「むーりー」

ぐでぇと机に突っ伏し、足をジタバタさせた美雨。

そして、俺がなにも答えず漫画を読み進めていると、

「むーりー！」

いっそう大きな声を上げ、また足をジタバタさせた。

「なんだよ。俺にどうしろっつーの」

「一緒に考えて！」

美雨は原稿用紙を持ったまま、寝転がっていた俺の腹にドスンと跨《また》がった。思わず「ぐえ」っと汚い息が漏れてしまった。

「重い……」

「うーわ、さいってー。レディーにそーゆーこと言ったらモテないよぉ」

「小学生がなにいっちょ前に……」

そう言いつつ、俺にマウントポジションをとる美雨《みう》に目を向けた。あのときのニマニマとした美雨の表情が、いまでも忘れられない。

あの頃の美雨は生来のお転婆《てんば》っぷりがピークの時期で、いまで言ういわゆる『メスガキ』みたいなところがあった。出会った頃から美雨を甘やかしてきたツケなのか、俺は彼女から明確に舐《な》められていた。

もっとも、それが嫌だったかと言われると、そんなことはなかった。全然可愛《かわい》げはあったし、姉しかいなかった俺にとって『小生意気な妹』みたいな存在は、正直心地よくもあった。

「あ、そうだ」

腹の上の美雨は、なにかにピンと来たのか、俺の胸に原稿用紙を押し当てて鉛筆を走らせた。

「どこで書いてんだよ。紙破れるぞ」

「『私の……将来の夢は……』」

「聞いてねーし」

紙越しに拙《つたな》く動く筆先のこそばゆさを感じながらも、器用なやつ……と妙に冷静に眺めていると、

「『おじさんの……お嫁さん』」

「やめーや」

思わず上体を起こしてしまった。美雨は「ひゃっ」と可愛らしい悲鳴を上げて、すってんこ

ろりんと後転した。

「もーっ。びっくりした！」

「俺もな。なんちゅー夢を書いてんだ」

ふくれっ面を作る美雨に、呆《あき》れてため息をつくと、

「だって叔父《おじ》さん、モテなくて結婚できなそうじゃん？　だから、私が大人になったら、しょうがないからお嫁さんになってあげる」

またしてもメスガキ味の強い笑みを浮かべた。

正直、ぐうの音も出なかった。なんせ中学の三年間、俺はずっと女子と無縁だったからだ。好きな子に告ってはフラれ、その子がスポーツマンな先輩と仲良く手を繋《つな》いで下校しているシーンに涙するだけの三年間を過ごしていた俺に、美雨の生意気な一言は地味に深手だった。

けど、だからといって、彼女のその夢は容認できるはずもなく。

「もっとこう……あるだろ。歌手になりたいとか、アイドルになりたいとか、女優になりたいとかさ。そういう夢を書く作文だろ？」

「そーだけど……。全部やってみたいんだもん。でも書くのはひとつだけって言われてて」

「選べないってことか」

「うん。将来の夢がありすぎるのも困っちゃうね」

フッと鼻で笑った美雨。憎たらしいことこの上ない顔だったなぁ。

「じゃあ、素直にそう書けばいいんじゃないか?」

「それでもいーの?」

「だってひとつに絞れないんだろ?　なら無理に絞らないで『たくさんありすぎて困るぐらいです』でもいいじゃん」

「たしかに!」

その発想はなかった、と言いたげに目を丸くした美雨《みう》は、ダッと勉強机に戻ってカリカリと文字を綴《つづ》り始めた。

「叔父《おじ》さんってたまーにいいこと言うよね!　たまーに!」

一言余計だな、とは思った。

けど、調子の出ている美雨の邪魔をするのが嫌で、俺はただ見守ることにした。

やりたいことや夢がありすぎる。結構なことじゃないか、まだ小学生なんだから、と。

未来がまだまだ明るいことを信じて疑っていなかった当時は、一心不乱に作文へ向き合う美雨を、無性に愛《いと》おしく感じていた。

けどそれでも、いつか様々なことを学び、できることとできないことを知り、自然と夢は絞られていくのかもしれない。中三ながらに、俺もそのぐらいは理解していた。

そうして絞らなくちゃいけなくなったときに。そのぐらいの年頃に美雨が成長したときに。

彼女の味方でいてあげられる大人でありたいと、確かに思ったんだ。

――でも。

いまの俺は、どうなんだろうか……。

＊　＊　＊

木曜と金曜の修羅場をどうにか駆け抜け、ＭＰ切れを起こし、なにもやる気が起きないまま週末を棒に振ってしまった。

もったいないとは思った……が、十分すぎるぐらい体を休めることができたと前向きに考えることにした。でないと、ブルーマンデーが本気で億劫《おっくう》になってしまう。

そんなこんなで、週明けの月曜日。

休み疲れてダルさを覚える体をたたき起こし、出勤に向けて歯を磨いていたところ。

洗面所の戸が力なく開いて、美雨が入ってきた。

「……あよ」

「おはよう」

もともと美雨は、朝が弱い。けど今日は輪をかけて調子が悪そうだった。俺がいま体感しているダルさなんか比じゃないぐらいにしんどそうだ。

顔色も悪いように思う。土日のバイトの影響だろうか。

「どうした？　寝不足か？」

「……んで……い」

心なしかいつもより声も小さい。「なんでもない」って言いたかったんだろう。でもハキハキ言えてない時点で、なんでもなくはない。

「風邪か？　市販薬でいいなら出すけど」

「……」

答えにくいのだろうか、無言で自分の歯ブラシを取ると、チューブの歯磨き粉――、

「ってそれ洗顔剤」

慌てて美雨《みう》の腕を取る。

なんちゅーベタなミスを……。今日日《きょうび》、漫画でも見ないぞ。

さすがの美雨も、自分の調子の悪さを隠しきれないと悟ったらしい。

「……ちょっと寝不足。あと……あの日がしんどいだけ」

「あの日？　……ああ、そういう」

いわゆる『女の子の日』か。女性が特定の日を強調する場合、大体がそうだし。

これまでも辛《つら》そうにしている女性は何人か見てきたけど、今日の美雨はトップクラスに辛そうだ。改めて、しんどさは人によって違うんだなと思い知る。

「あ、そうだ……」

すると美雨は、ちゃんとチューブタイプの歯磨き粉をつけながら、

「今日もバイトだから、ご飯だいじょぶ」


「……え？」

バイト？　今日？　まさか、出勤する気なのか？

こんな、見るからに具合悪いのに？

「らから、バイホらからご飯いらない——」

「そこじゃなくて」

歯を磨きながら、美雨はキョトンとする。

別に、言葉の意味がわからなかったわけじゃない。

「さすがに休みなよ。働いていい状態じゃない」

「平気らって、別に……。毎月のことらし」

「でも、寝不足もあるんだろ？　倒れたらどうする」

説得を試みたつもりだが、いまいち反応が薄い。美雨は聞く耳持たないといった様子だ。

男の俺では『女の子の日』がどれほど辛いかはわからない。けど美雨の様子から察するに、

美雨《みう》は比較的、痛みが重く来るほうなんだろう。

加えて寝不足。注意力が低下しているのは、さっきの歯磨き粉の間違いからも明らかだ。そんな状態なら、せめてもう少しゆっくり寝ていれば――、

「……え？」

美雨がこんな早い時間に起きている。そこに猛烈な違和感を覚えた。

もちろん、普段と変わらない時間なのは確かだ。

なぜなら――大学の授業があるから。

「学校も行くつもりなのか？」

美雨がチラリと俺を見た。

ようやく意思疎通がとれそうだと感じたが、違った。

この問答を面倒くさく感じているような、そんな虚無に染まっている表情だった。

口の中の歯磨き粉をうがいと共に吐き出すと、

「当たり前じゃん。ウチ、学生」

美雨はシンプルに、そうとだけ答えた。

百人中百人が具合悪そうだと判断できる状態なのに、それでも通学を当たり前と言い切る。

大学って、こんなにも身を粉にし自分を追い込んでまで通学するものだったか？　いまどき会社だって、具合が悪いなら申請すれば休ませてくれるぞ。

そんな思考がぐるぐる巡り、どう声をかけるのがいいか逡巡《しゅんじゅん》してしまう。

けど、先手を打ったのは美雨のほうだった。

「てか心配しすぎ。自分の体のことは自分がよくわかってるから」

「いやそれ、わかってない人がよく言うやつ……」

わかりやすいフラグを立てるなって。

などと呆《あき》れている間に、美雨は俺の言葉に反応することなく、歯ブラシを元の場所に戻して洗面所をあとにする。

マジか……ガチでこのまま学校行く気だ、この子。

俺は慌ててうがいをして、口の周りを拭くのもそこそこに洗面所を飛び出す。美雨が向かったのはリビングか？

けど誰もいなかった。そこでようやく、自分が勢いだけで動いていたことに気づく。

そりゃそうだろう。着替えるんだから、彼女は自室代わりの寝室に向かうはずだ。

慌てて振り返ったとき、ドアの縁になにかがカツンと当たる。俺の使っていた歯ブラシだ。

しかも、ゆすいでない使いっぱなしの状態。しまったつもりになっていた。

なにを焦ってんだ、俺は……！

一度洗面所に戻り、歯ブラシを軽くゆすいでしまうと、急いで寝室に向かう。

「なあ、本当に大丈夫――」

けど、焦りは細かい思考を鈍らせる。

ノックを忘れ、勢いのままドアを開けてしまった。

「………………」

部屋のレースカーテンに攪拌《かくはん》された光が、柔らかく室内を照らしている。

その中で、寝間着を脱ぎ終えた直後だろう下着姿の美雨《みう》が、驚きもせずこちらを見ていた。

淡い光に包まれた美雨の柔肌は白く際立っていて、濃い紫色の下着とのコントラストが目を一瞬で奪っていった。

ふくよかで丸みを帯びた胸部から、緩やかな曲線を引き下ろしていく腰のなまめかしさ。

それらが、美雨が圧倒的なまでに女性であることを、まざまざと主張していた。

「……覗《のぞ》き魔」

「ご、ごめん……！」

脳裏にいる遠い記憶のままだった美雨とのギャップに驚き、弾かれたように顔を背ける。

さっきの美雨の声からは、侮蔑や軽蔑の色までは感じなかった。

ただただ気怠《けだる》げに――いつも以上にダルそうではあったが――ため息と共に吐き出しただけ。

呆《あき》れられたな、という反省が前頭葉の先っぽにチラつく中、耳にはシュルッと衣擦《きぬず》れの音が入り込む。チラリと横目に美雨を見る。キャミソールを着て上半身は隠し終えたようだ。

ただ丈がへその少し下までのもの。腰から下は相変わらず下着一枚だった。

「心配しすぎって言うけどさ。そりゃするだろ。同居してる姪《めい》っ子がそんな状態なら」

顔を背けながら、俺は続けた。

「だいたい、無理して倒れたら元も子もないだろ。もっと長い時間休むことになるんだし」

美雨は答えない。それは、図星だから言い訳を考えている間なのか。それとも、口うるさい叔父《おじ》だな、という反抗なのか。

前者であるなら、まだ説得の余地はある。二の句をどう継ごうか考える……と。

「出てってよ。着替えの途中」

美雨がそばまで寄って、俺を押し出そうと手を伸ばしてきた。

学校へ行くという選択は、頑として揺るがないらしい。

けどここで退いたら意味がない。退くわけにはいかない。彼女の体調を思うのなら。

そう、待ち構えようとした——そのとき。

美雨が一瞬ふらついた。伸ばしていた手が、そのまま俺の寝間着に触れ、ギュッと皺《しわ》が寄る。

慌てて、美雨の肩を両手で支えてあげる。さっきよりもぐったりしていた。

「そら見たことか」

やはり相当無理をしていたんだな。それが祟《たた》ったんだろう。貧血からくるめまいとか、立ちくらみとかの類いか。

そのままベッドへ誘導する。さすがにここまで来ると、彼女も抗う様子は見せずに歩いてくれた。

「横になったほうが楽？」

ベッドの縁に腰掛けた美雨《みう》は、無言で頷《うなず》く。

そっと背中を支えながら寝かす。枕に頭を預けたあと、ゆっくり息を吐いた美雨は、横を向いて少し丸まった。そのほうが楽なんだろうか？

「薬は？」

「……カバン中」

「勝手に探すぞ」

一言断りを入れてから、近くに置いてあった美雨のカバンを手に取る。

合成皮革が破れたり剝がれているカバンの口を開き、中を探る。

あった。テレビＣＭなんかでよく見慣れた名前とパッケージの小箱だ。

一度キッチンに向かってコップに水を入れて、美雨の元に戻る。自分でも妙にバタバタしてるな、という自覚はあった。仕事でトラブっても、ここまで慌てることはない気がする。

錠剤をケースから必要分取り出し、水と一緒に美雨へ差し出す。

少し体を起こした美雨は、手早くそれを飲み込むと、再びボテッと横になった。

やがて、薄ぼんやりとした瞳が俺を見据える。なにかを訴えてるような気はしたが、それを読み取ることはできなくて。

代わりに俺の手は、自然と彼女の頭に伸びていた。

さらさらの髪越しに、美雨《みう》の体温がじんわりと伝わってくる。

「大丈夫だから。いまはゆっくり休め」

「……冷た……気持ちぃ……」

安心しきったように息を吐くと、美雨はすっと目を閉じた。

まるで子どもが丸まって寝ているような、そんな格好。体は確実に女性らしく成長しているけど、心のどこかにまだ、子どもの自分を抱えているかのよう。

でも、考えてみればそりゃそうだろう。

十歳の頃に親を亡くし、親戚をたらい回しにされて。ようやく落ち着いた家では居場所を感じられないまま、彼女は大人になった。大人になってしまったんだ。

彼女の心は、十歳の頃に凍ったまま、いまに至っているのかもしれない。

……俺は、彼女の温かい居場所になってあげられるんだろうか。

姉ちゃんのような太陽になれるんだろうか。

そこはかとない力不足を感じながらも、せめて寝ているいまぐらいは温まれるようにと、布団を掛けてあげた。

「晃《あきら》さ〜ん。昼休憩、どうっすか？」

「……え？　……ああ。そんな時間か」

傍《そば》のデスクで仕事している健司《たけし》に声をかけられ、ふと掛け時計に目をやる。

もう十二時なのか。気づかなかった。

「なんすか、ボーッとしてたんすか？　上の空でしたもんね。仕事終わってないなら昼飯代の代わりに手伝……って終わってるんかーい！」

ひとりで俺のＰＣ画面を覗《のぞ》きながら、ひとりで勝手な約束を取り付けようとして、ひとりでノリツッコミまで披露する健司。

いつもなら「うるさいな」と一言言うところだが……。

「上の空……だったかな。そんなに？」

「そうですね、わかりやすく。珍しいなとは思ってましたけど」

隣の梨花《りか》にもそう見えていたらしい。

とはいえ正直、自覚はあった。今日は明らかに集中力が迷子になっていた。

幸い午前中は、頭を働かせなくていい事務作業が重なっていただけ。だから、多少パフォーマンスが低下してても遅延なく終えることができた。

ただそれは結果論だ。集中できてないのはよくない。

やらねばならない仕事は、まだまだ残っている。遅らせるわけにいかない。

「なにかあったんですか？　悩みごととか？」

心配そうに尋ねてくれる梨花《りか》。

だが、これは家庭の事情だ。彼女たちに話すべきことだろうか、とも考えてしまう。

――美雨《みう》を寝かせたあのあと。

俺はひとまず、出社の準備を進めた。

家を出る前、ひとつ思うところがあって寝室に入った際は、薬が効いたのか美雨は穏やかに眠っていた。

大事はないだろうと判断しつつ、一応なにか食べたくなったとき用に、食べられそうなものを準備してはおいた。なにかあれば必ず連絡するようにと置き手紙も添えて。

だから問題はない……の、だろうけど。不安がゼロというわけではない。

今朝の美雨の頑《かたく》なな様子を考えると、目を覚ましたら這《は》ってでも学校やバイトに行きかねない。そんな無理をしやしないか？　と考えてしまうのは当然のことだった。

「……先輩？」

無反応だった俺を、梨花は気にしてくれているようだった。心配そうでもある。

……なにをしているんだ、俺は。

うだうだと悩んでばかりで、決断を先延ばしにしてるだけだ。俺のそういう態度が後輩を不安がらせてしまってもいる。先輩社員としてもプロジェクトリーダーとしても、その資質を問われるレベルだぞ。

本当に気がかりなことがあるなら、優先して的確に対処するべきだろう。後手に回って余計に事態を悪化させるほうが悪手だ。

ましてや自分の中で、どうしたらいいかの答えは見えているんだ。

ならなおのこと、なにを迷う必要があるっていうんだ。

「なあ、梨花」

「は、はい……」

「梨花に、女性代表と見込んで、訊《き》きたいことがある」

「…………え？」

なりふり構ってる場合じゃないだろう。

大切な姪《めい》の——美雨のためなんだから。

「梨花は、女の子の日がしんどすぎて救急搬送されたことあるか？」

「…………は？」

……なんて訊き方をしてるんだ俺はあああ!!

やばい、俺と梨花の間だけ、ここアラスカかってぐらい空気が冷え切ってる気がする！

周囲の社員たちからのどよめきが、余計に俺を焦らせた。

「す、すまん！　違うんだ……！　一般的な知識として、どうなのかなって知りたいだけだ。梨花《りか》個人がどうとかってことを知りたかったんじゃなくて……！」

うわぁ……めっちゃ言い訳がましいぞ、俺。

冷静に自分を客観視して、自分で軽く引いてる。こんなの、いまのご時世、枠にど真ん中ストライク級のセクハラ案件じゃないか……。

だから当然と言えば当然だが、立ち上がった梨花からは、そこはかとない怒りのオーラが発せられている気がする。

やがて梨花は、短く息を吐くと手を振り上げた。

しかも、両手。

瞬間、バチン！　と両頬を叩かれる。シンプルにくっそ痛い。

「梨花ちゃん！　さ、さすがに晃《あきら》さんも悪気があったわけじゃ――」

と、驚きつつ俺を擁護する健司《たけし》だったが、

「もしかして、美雨《みう》ちゃんですか？」

彼を遮るように、梨花は言った。

梨花は俺の両頬を手で押さえつけ、顔をグッと向き合わせた。俺の失言に怒っているって読みとは裏腹に、その面持ちはまっすぐで真剣だった。

もしかしたら、俺の態度と話題で察してくれたのかもしれない。

「あ……ああ」

絞り出すように答えると、梨花は俺の顔から放した手を、今度は思案げに顎へ添えた。

「そうですね……人によりけりです。貧血とかめまい、吐き気もひどいうえに痛みがしんどいときは、呼ぶ人もいるかな、と。ただ我慢癖がついてたり『そんなことで救急車なんて』って遠慮がちな人は、呼ばずに耐えようとするかも」

我慢癖という単語に、胸の奥がジクッと熱を帯びる。

思い当たる節がありすぎた。

「で、どんな様子だったんです、美雨ちゃん」

「吐き気はなさそうだった。軽い立ちくらみはあったかな。顔色も悪くて、寝不足も重なってるらしくて、しんどそうっていうか」

「薬は？」

「飲ませた。出社するときには眠ってたよ。ただ美雨って、なんでもかんでも我慢しがちで。梨花の言うとおり、本当はめちゃくちゃキツいのを我慢してる可能性はあり得るな」

「それればっかりは、本人にしかわからないですもんねぇ……」

梨花は「ふむ……」と考え込む。

けど梨花の言葉で、より決心がついた。

抱え込んで得することはなにもない。ここは純粋に、頼ることにしよう。

「健司《たけし》。このあと、クライアントから広告案について連絡ある予定だけど、もし電話だったらフィードバックをテキストに起こして共有してくれ。再提出が必要なら二営業日もらっといて。たぶん問題ないと思うけど、念のため」

「うっす！」

「梨花《りか》は、広告案が基本線問題なかったら、制作会社に連絡して撮影日の候補出しを頼む。あとデザイナーさんのスケジュールも確認しといて。こっちはまだ押さえなくていいから。あとは健司のサポート」

「はいっ！」

突然の指示にも拘《かか》わらず、ふたりは疑うことも慌てることもなく頷《うなず》いてくれた。心強い。

これなら俺も、心置きなく行動できる。

荷物をまとめて、立ち上がった。

「じゃあ――俺、帰るわ」

＊　＊　＊

軽い頭痛が、ウチを無理やり、微睡《まどろ》みから引き戻した。

なんとなく夢っぽいのを見てた気がする。けど頭の痛みと、いつまでも抜けてくれないダルさのせいで、すぐ意識から逃げ出していく。

仰向けになる。最近ようやく見慣れてきた天井に向けて、ため息ひとつ。

叔父《おじ》さんに横にさせられ薬を飲んだことはなんとなく覚えてる。でもうろ覚えってことは、相当体は参っていたんだな。でもおかげで、下腹部の痛みは少しだけ楽になっていた。

「……——っ！」

自分の状態や今朝のことを思い出して、慌ててスマホを探す。

急に動いたせいで、また頭痛が襲う。ちょっと悶絶《もんぜつ》。

でも薄く開いた目は、サイドテーブル上のスマホを見つけていた。

手に取ってディスプレイを確認する。もう十四時を過ぎていた。

やっちゃった……。今日の授業、全部無断欠席だ。最悪。

どの授業も教授はそこまで厳しい人たちじゃない。だから、事情を話せばわかってくれるとは思う。

でも無断欠席なのは間違いないし。気まずいな。

なにより——すごく、もったいない。

たかが痛みが人より重いってだけで休んでしまったことが、ものすごい罪悪感だった。

「……とりま……あとで電話しとこ」

過ぎたことはしょうがないと諦め、ゆっくり起き上がる。

せめてバイトには出ないと。

でも……この状態で働けるかな?

……いや、行かなきゃ。お金、稼がなきゃ。

こんな体たらくを見せて迷惑かけちゃったんだ。叔父《おじ》さんだってきっと、愛想尽かしちゃってるかもしれない。面倒がられて追い出されるかもな。

そこまでじゃないにしても、重い空気の中で腫れ物のように扱われるかも。あの人たちと暮らしてた、あの家の中のように。

どっちにしても、今度こそウチは、ホントの意味で居場所をなくす。

いまとなってはそれが、ものすごく怖い。怖いことになってしまった。

お父さんとお義母《かあ》さんが死んじゃって、あの温かな日々が突然なくなって、あちこちたらい回しにされて、追い出されて。

やっと落ち着けると思ったあの人たち——伯母《おば》さんたちの家でも、疎ましく思われて。

日が経つにつれなんとなく距離感を摑《つか》んで、お互い「いない者」同然に過ごすことで、どうにか心の平穏を保ててはいた。

けどけっして、居場所なんかじゃなかった。

温かくなかったんだ。

学校でなんとなくつるんでいたグループはあった。興味を持ってくれた男の子となんとなく付き合ったこともあった。なくしたものを得られるかもと期待して、体だって重ねた。けど結局、あの家にいなくていい理由にしかならなくて。温かさを感じることは、一度もないままだった。

──初めてだったんだ、ここが。

妙に気合い入ってて空回ってばかり。けど、ひとりでなんでもできちゃう自立した大人。そんな叔父さんの真剣な優しさが、この十年、欲しくてたまらなかった温かさだった。

だから、なくしたくない。

なくすぐらいなら、せめて自分から距離を取りたい。

もう、突然失うのは、絶対に嫌。

……バカだな、ウチ。ホント、自分勝手。

自分から叔父さんに会いに来て、勧められるまま甘えて、邪魔になっておいてさ。いまさらこんなね……ガキか。

積もり積もった自己嫌悪が、涙になって溢《あふ》れそうになる。

でも、だからこそ。

しんどくても体にむち打って起き上がる。泣いてる場合じゃない。給料分の仕事はちゃんとこなす。お店に迷惑はかけられないもん。

自分の始末は自分でつけられるようになるんだ。ならなくちゃいけないんだ。

顔洗って、軽くお腹《なか》に入れて……ああ、出発前に大学に電話入れるの忘れないようにしよ。

そんなことを思いながら、寝室を出たときだった。

誰もいないはずの家の中に、なんとなく違和感が漂っていた。

その『匂い』に誘われるように、ウチはリビングに通じるドアを開ける。


「――お？　目、覚めた？」


叔父《おじ》さんがいた。

ダイニングテーブルに、ノートPCとか紙の資料とかを並べて。

でも、その情報はウチの目がただ捉えているだけで、思考はなにひとつまとまってなんかいなくて。

「なんで……」

――いるの？

バラバラの思考の間を縫って、それだけが口から漏れ出る。

だって、そうじゃん。今日、叔父さんは普通に出勤する日。

なのに目の前には、ネクタイは外してるけど、ワイシャツにスラックス姿の叔父さんがいる。

いるなんて微塵《みじん》も思ってなかった人が、なぜかそこにいるんだから。驚きもするよ。

「午後はリモートで仕事することにしたんだ」

……りもーと？　……ああ、リモートワーク。

ゆっくり椅子から立ち上がる叔父さんを目で追いつつ、だからテーブルにパソコン広げてたのか、とようやく思考が整理できた。

「会社行ったはいいけど、やっぱ、美雨《みう》のことが気が気じゃなくてさ」

叔父さんは笑った。照れくさそうに、困ったように。

「残りの仕事は家ですませられそうだったし。後輩とか上司に無理を承知で説明して、帰ってきちゃった」

「……きちゃったたって……」

なんでそんなノリ軽いの、この人。

ウチが寝込んでるのはウチの自己責任じゃん。体調管理がバカだったからじゃん。

なのに気になるからってだけで、わざわざ無理を通して帰ってくるとかさ。シンプルに叔父さんの……ううん、もっとたくさんの人の負担が増えるだけなのに。

なのになんで、そんな……。

「あと一応、おかゆも作っといた。腹すかせてると思って。調べたら、ほうれん草とかキノコなんかの栄養とるとか、生姜《しょうが》で体温めると楽になるって書いてあったからさ。その辺適当に入れて作ったやつだけど」

キッチンを見ると、コンロの上に小さい土鍋が置いてあった。

そっか。寝室出たときから感じてた違和感の正体、このおかゆの匂いだったんだな。

……ああ、この優しさだ。

自己管理ができなくてダウンしただけのウチを、わざわざ仕事持ち帰ってまで早退して、ちょっとキモいぐらいの気遣いで温かくしてくれる、この優しさだ。

心の中でずっと求めていて。

この家に来てようやく触れることができたもの。

だから、すごくすっごーく、うれしくって。

「……なんで、そんな優しいの？」

──だからこそ、辛《つら》くもなってしまうんだ。

「美雨《みう》……？」

叔父《おじ》さんが不思議そうにウチを見た。なんだろ？　って思って頰に触れてみる。

うっすらと湿っていた。

「全部、ウチが悪いんじゃん。普通、もっと怒るじゃん」

優しくしてくれればくれるほど、それに甘えてしまいたくなる。

親身になってくれればくれるほど、自分が不甲斐《ふがい》なくて嫌になる。

自分の弱くてガキで未熟な姿を、まざまざと見せつけられているみたいで、しんどくなる。

「なのに、なんで叔父さんは……」

「そっか。じゃあ、もっと叱ればよかった？　それとも、放置するべきだったかな？」

ああ、ほら。

結局また、叔父さんを困らせてる。

「……そうはゆってない。けど……」

本当は、ありがとうって素直に言いたい。叔父さんの優しさを、まっすぐ受け止めたい。

なのに、そう思えば思うほど、人として劣っている自分が浮き彫りになるばかりで、自己嫌悪だけが広がっていくんだ。

わかってるよ。こういう考え方だって結局、他人の厚意を蔑《ないがし》ろにするだけの失礼なものでしかないって。

自分のことしか見えていない、単なる甘えん坊で自己チューな考え方だって。

でもさ……。

「優しすぎて……辛い。温かいのを欲しがっちゃう自分が、嫌になるの」

それも間違いなく本音なんだもん。しょうがないじゃん。

目尻に雫《しずく》が溜《た》まっていくのがわかる。いつぶりだろ、こんな風に泣くの。指先で拭ってもどんどん溢《あふ》れてくる。みっともな。

涙で歪《ゆが》む目の前に、叔父《おじ》さんが近づいてくるのがわかった。

すっと差し出されたのは、ハンカチだった。

ホント、どこまで気が回るんだろ、この人……。

「美雨《みう》がどうしてそこまで自分を追い込むのか、正確にはわからないよ。けどさ」

ウチがハンカチを受け取らずにいると、叔父さんはそのまま、ウチの涙を拭ってくれた。

「美雨が納得するまで、何度だって言う。俺は別に、優しいんじゃない。ただ『当たり前』のことをしてるだけなんだよ。だってさ――」

少しかがんでくれた叔父さんの目は、どこまでも柔らかくて。

お義母《かあ》さんのそれにそっくりで。

「美雨は、大切な家族なんだから」

……ああ、無理だ。

だってそれ、ウチがずっとほしかった言葉だもん。

そんなのを真正面からぶつけられたら……もう、無理だって。

ずっと流さずにいた十年分が、一気に溢れてくる。

叔父さんのハンカチじゃ拭いきれなくて、彼はそっとウチを抱き寄せてくれた。

ちょっと安心した。間違いなくうれしくて流している涙だけど、やっぱ泣いてる顔はみっともないから、見られたくなかったし。

代わりに、ウチの涙のせいでシャツが皺《しわ》になっちゃったら、謝って責任持って洗濯しよう。

そんなことを妙に冷静に思いながら、涙が落ち着くのを待とうとした。

……のに。

「あ、それと」

「……なに？」

叔父さんは思い出したように続けた。

「先に謝っとくと……出勤前、美雨が寝てる間にさ、勝手にカバンあさっちゃった。学生証探したくて。大学には欠席の連絡入れてあるから」

……マ？

普通、そこまで気づく？　気づいてもやる？

なんか、やっぱこの人……、

「気ぃ回りすぎてちょっとキモい」

「えぇ～……。キモいはヒドくないか？」

「うん、ごめん」

でもそんな叔父さんの厚意に、ウチはこの数日、数週間、たくさん救われてきたんだよね。

それを改めて認識できたから。

ウチのことを家族と認めてくれた叔父《おじ》さんの言葉だから。

「……ありがと」

もっとちゃんと素直に受け止めて、言葉に変えようと思えたんだ。

＊　＊　＊

午後の仕事をリモートに切り替えて正解だった。もし起きたときに俺がいなかったら、美雨《みう》はそのままバイトに行ってただろう。

あのあと俺は、早退を当然のように快諾してくれたふたりに飯を奢《おご》る約束をし、会社を出て電車に飛び乗った。

帰りの車内で『女の子の日』に摂取するといいとされる食材とかを調べ、自宅の最寄り駅を出るころには献立を固め、スーパーに寄って材料を買った。きっと腹を空かせてるだろう美雨のためだ。

帰宅し、寝室でまだ美雨が寝ているのを確認すると、おかゆの準備だけして仕事を再開。

美雨が起きたのはそれから一時間半ぐらいが経った頃。

精神的にいっぱいいっぱいだったんだろう。涙を見せたときはさすがにびっくりしたが、それも少ししたら落ち着いたようだ。

そして、いま。

ダイニングテーブルの向かいに座る彼女は、ゆっくりとおかゆを食べている。

「うまい？」

「んまい」

相変わらず表情の変化には乏しい。けどズズッと洟《はな》を啜《すす》りながらも手が止まらないようで、用意した俺としてはうれしいかぎりだった。

ふと、美雨のスマホがブブブッとテーブルを鳴らした。彼女が手に取って確認する。

「休んで大丈夫だって、バイト」

「そっか」

理解のあるバイト先でなによりだ。

美雨の普段のシフトだと、ちょうど明日明後日《あさって》は休み。これでゆっくり養生できるだろう。

ただ、今日は大事を取って休むことはできたけど、根本的な解決にはなっていないんだよな。

「シフト、もう少し減らすのはダメなのか？」

美雨はなにも答えなかった。

「美雨が勉強もがんばってて、一人暮らしする資金も貯《た》めたくて身を粉にしてるの、偉いと思うよ。けどいまのまま両立させるのは、さすがに無理があると思う」

俺はふと、今朝方に見つけた彼女の学生証——その学部を思い出す。

「福祉系なんだってな。やりたいこととか目指してることがあるから入ったんだろ？」

その学部の文字を見て、率直に言えば意外に思った。

美雨《みう》のこれまでの口ぶりから、大学には明確な目的を持って入学したことまでは予想できていた。けどまさかそれが、社会福祉が専攻だったとは。

「なおさらバランスよく両立させないと。両方が疎《おろそ》かになったら元も子もないと思うんだ」

適切に休みを得るため、いまの彼女がなにか削るとしたら、それはバイトのほうだろう。

俺の家で居候さえ続ければ、生活費は考えなくてすむ。一人暮らしをしたいって思いまで止めるつもりはないから、その貯金のために働く分にはいい。けどそれ以上は、ただただ両立がしんどくなるだけでしかない。

勉強を第一に据えるなら、減らせるのはバイト。

そう思っての提案だった。俺の伝えたいことは伝えきったと思う。

返答を待つ間、美雨はおかゆに口をつけることもなく、考え込んでいる様子だった。

やがて、レンゲが受け皿にコトッと置かれる。

「バイト代、貯金だけじゃないんだよね」

「え？　他になにか出費が？」

美雨は別に浪費家ではないはずだ。うちに居候するようになってから、極端に大きな買い物だってしていない。

必要なものは本当に最小限にすませる、倹約家みたいなところすらある。

一方で、うちで使う日用品や家賃には、気を使って払おうとしてくれる。けどその辺は、毎度俺が断っているし。

あと他に出費の可能性……？

「……学費」

「え？」

美雨は、絞り出すように言った。

「大学の学費。全部ウチが払ってるの」

まったく予想してなかった答えだった。

ただそれは、俺の人生がただ単に幸運だったからだろう。気にしなくてすむ生活に支えられていた証左。

けどそれ故に、恥ずかしながら、見えていなかった世界の話でもあった。

「ウソだろ？　全額？」

「うん。毎年、大体百万ちょっと」

言わずもがな、大学生にとって百万円なんて大金も大金だ。学業と並行して時給千円そこそこのバイト代で稼ぐには、時間が足りなすぎる。

もちろん、もっと割のいい仕事を見つける方法はあるだろう。例えば動画編集の仕事なんかは、いまも数が多く高単価を狙えると聞く。

けどスキルを学ぶ時間や、道具にコストをかけないと始められない。

その点、バイトは手っ取り早くお金が手に入る。単価は安いが安定はしている。

ましてや美雨《みう》の場合、長く働いてて業務に慣れている分、いまさら手放せないだろう。

……だとしてもだ。学業の傍ら、翌年度の学費も、いまのうちからバイトで貯《た》めているってのか？　一人暮らしの費用とも併せて？

「無謀すぎるだろ」

「でも、奨学金ももらってるから。たくさんじゃないけど、返さなくていいやつ」

「だとしてもさ……」

ある程度の金銭感覚が身についた俺の年だからこそ、わかる。美雨の行動には無理がありすぎる。むしろいままで学業とバイトを両立できていたのが不思議なぐらいだ。

そして、そこでようやく、俺は一番の違和感に気づいた。

「てか、伯母《おば》さんたちは？　払ってくれないのか？　さすがに全額は無理でも半分とか、それぐらいは――」

けどこの訊《き》き方は、あまりにも軽率だったかもしれない。

「払ってくれるはずないじゃん、あの人たちが」

どこか怒気を孕《はら》んだ物言いに、思わず息を呑《の》んでしまう。

「あの人たち、大人になるまでは面倒見るってウチを引き取った。だから高校までは学費とか出すつもりだったみたい。でもウチが大学行きたいって話したら、『責任の範囲外だから自分でどうにかしな』だって。もう十八の大人になるんだから、そっから先は自己責任だって」

……なんだそれ。

引き取っておいて、そこまで突き放せるものなのか？

そりゃあ、全額負担しろとまでは言わないけど……無責任すぎるだろ。

「ただ、学費さえ自分で工面するなら、家には居ていいって言われてさ。そうじゃなかったら、とっとと就職して家を出ていってほしいって言われた。居心地は悪いけど、ぶっちゃけ住む家にお金かからなくてすんだのは、助かるっちゃ助かってたんだよね」

家には居ていい。伯母さんたちにとっては、それが情けのつもりだったんだろう。

就職して家を出て自活するか。自費で進学する代わりに住居を確保するか。

当然、進学を希望する美雨は後者を取った。でもそれは、取らざるを得ないから取ったに過ぎない選択だったようにも思う。

自分のやりたいことや学びたいこと——つまり、未来のために。

「まぁそれも、結局耐えきれなくって家飛び出して……そんでいまって感じ」

思っていた以上に美雨の状況は厳しい。彼女のため息がそれを物語っていた。

同時に俺は、自分の甘さにも辟易《へきえき》していた。

思い返せば、俺は恵まれていた。苦労かけないようによくできた人間であろうと思っていながら、その実、大学の学費は親が持ってくれていたからだ。

もちろん、俺自身も何割か支払うと提案はした。姉の件があって以降、体調を崩すことも多かった両親に、金銭的な負担をすべて任せるつもりなんてなかったから。

ただ俺の知らないところで、両親は学費を十二分に貯《た》めてくれていた。長年ちょっとずつ。

だから、俺がバイトで稼ぎ学費に充てようと貯めていたお金は、自分に投資しなさいと。経験でも、物でも、人でも。自分の財産になるものへ投資しなさいと両親は言ってくれた。

その言葉に甘えた結果、いまの俺がある。

だから美雨《みう》の境遇をじかに訊《き》くまで、俺がどれだけ恵まれていたのかを本当の意味で理解できていなかった。

美雨が我慢してまでひた隠しにしていた実情に、気づきすらしなかった。

ほんと、恥ずかしい話だ。

なにが叔父《おじ》だよ、大切な姪《めい》っ子のためだよ。どの口が吐いてるんだ。

美雨のほうが何倍も自立していて、大人じゃないか……。

「だからウチは、どんなにしんどくても学校は休みたくない。バイトだって、ホントは掛け持ちしてでも増やしたいぐらい。だってもったいないじゃん。勉強したいことのために高い学費払ってるし、それを稼ぐためにウチなりにめっちゃがんばってるし」

徐々に語気が強くなっていく。

本当は美雨もわかっているんじゃないだろうか。自分の行動が、思いが、熱意とは裏腹にどれほど体を酷使し、心を摩耗させていたのか。

でもそれに蓋《ふた》をしている。なぜなら動機が「自分のしたい勉強のため」だから。

個人的な理由で自ら選んだ道なのだから、自分が全責任を背負うのは当然なんだと。

過剰なまでの自己責任論。自責思考……か。

美雨の我慢癖の源泉に、やっと触れられた気がした。

「そんなに、したいのか？　福祉の仕事」

俺の問いに、美雨は黙って頷《うなず》いた。

「ウチみたいな人間でもさ、理由になりそうだなって」

「理由？」

「ウチが生きて――いや」

美雨はすぐ二の句を継ごうとして……一度、口を閉ざす。

勢いで発しそうになった言葉を、まるで、飲み込むかのような一瞬があってから。

「ウチみたいな境遇の子どもに、寄り添ってあげられたらいいなって」

突然両親に先立たれてしまった子ども。

満足に教育を受けられずにいる子ども。

居場所を見つけるのが不得意な子ども。

彼女の言う『ウチみたいな境遇の子ども』とは、例えばそういう類いの子どもたちだろう。

「ウチだからこそ、してあげられることがあるかもしれない。なら、してあげたい」

それが、と美雨《みう》は続けた。

「あのとき、お義母《かあ》さんがウチを守ってくれた理由になる。……って、思うから」

「……知ってたのか？　事故のときのこと」

「だって、意識はあったから。ボヤーッとだし、前後はあやふやだけどさ」

それ以上はなにも訊《き》けなかった。訊くつもりもなかった。引き出すにはあまりにも辛《つら》い記憶だろうから。

ただ、伏し目がちに語ってくれた美雨の脳裏に、誰の、どんな様子を思い描いていたのかはわからないけど。

願わくは、美雨を照らしていた義母——俺の姉の、明るい笑顔であってほしい。

それにしても……やっと合点がいった。だから福祉を学べる大学に行きたかったのか。伯《お》母《ば》に冷淡な二択を迫られ、その中でも特に酷な選択をしようとも。

彼女の生い立ちや境遇を考えれば、社会福祉——例えば児童福祉の方面に興味を抱くのは、自然な流れなのかもしれない。

故に、自分の意思で学びたい。

けどそこに過剰な自責思考が重なれば、いまの美雨のような状態ができあがるのも必然だ。

紐解けば単純で、とてもまっすぐで、ひどく不器用だっただけのこと。

ただ、その起因のひとつである伯母夫婦へは、同じ親族として怒りがこみ上げてきたし。

ここ数週間、美雨と接していくなかで気づき始めていたのに、爆発するまでなにもアクションを起こせなかった俺自身に、改めて不甲斐《ふがい》なさを感じた。

「やっと理解したよ。美雨がそこまで自己責任でがんばろうとするわけ」

だからこれ以上、美雨が何でもかんでもひとりで抱え苦しむ姿なんて、見たくない。

いや――苦しませたくない。

「俺も協力する。だからもっと、俺に甘えてほしい」

優しく、寄り添うように伝える。

けど美雨は相変わらず、おかゆの表面に視線を落としたままだった。

「さっきも言ったけどさ。どうしても学びたいことがあって、そのために身を粉にしているのは、純粋に偉いと思うよ。けど、ひとりで背負い込もうとするには全部重すぎると思うんだ」

ひとつひとつ、言葉を選ぶ。

これまでの美雨の努力や行動が、なにひとつ無駄でなかったことだけは確かなんだ。

不器用ではあったかもしれない。けど否定されるべきじゃないし、しちゃいけないから。

「でもウチは、もう大人じゃん」

ぽつりと、美雨《みう》は吐き出した。

「大人なんだから、甘えちゃダメっしょ」

「そんなことない」

思わず食い気味に反論してしまった。

「大人だって……社会人だってみんな、なにかに甘えて生きてるよ。持ちつ持たれつ、適材適所。経営者と社員の関係とか、先輩と後輩とか、自治体からの金銭的な支援とかもさ。みんな、ときには甘えて生活してるよ。別に悪いことじゃない」

それは、俺自身にも当てはまる言葉だ。

今日、快く早退を許してもらえたのは、頼れる部下や会社の優しさに甘えたからだ。甘えることができたからだ。

逆も然《しか》り。もしものときには、あのふたりだって存分に俺を頼ってほしいと思っている。

自己責任だと重く受け止める姿勢は、大いに結構だろう。けどそれで潰《つぶ》れてしまっては、元の木阿弥《もくあみ》でしかないんだ。

「……でもウチ、もう甘えてるよ。叔父《おじ》さんとこ来て、住まわせてもらって、お風呂とベッド使わせてもらって、ご飯だって作ってくれて……」

とつとつと口にするそれらは、家族なら当たり前の優しさだ。なのにそれさえ甘えと認識しているのは、美雨のこの十年――伯母《おば》夫婦との生活に要因があるのは間違いない。

改めて、その時間で植え付けられた——あるいは失っただろうものの重さが、痛々しいぐらいに伝わってきた。

「だから、これ以上は甘えられない」

締めくくるように美雨は言い切った。

ああもう、ホントに頑固だな。そう、正直に感じてしまったのは否めない。

もちろん最初から、完全に説得するつもりなんてなかった。ただこれ以上、美雨が自分を犠牲にするような生き方だけは、止めないとならない。

自滅するとわかっている道を「それも生き方だし」なんて見て見ぬ振りするのは、家族としてあまりにも無責任だ。多様性でもなんでもない。

どういう言葉なら、聞く耳を持ってくれるだろうか……。

「甘えるって言葉がネガティブに感じるなら、頼ってみようよ。大人だってみんな、頼ったり頼られたりして生きてるんだから。頼っちゃダメなんてことはない」

一拍置いてから、ずっと話すつもりでいたことを提案する。

「俺も背負うから。美雨の負担を、一緒に」

うつむいていた美雨の顔が、持ち上がる。

「具体的には例えば……卒業するまではこの家に居ていいから、一人暮らしのための貯金は急がずゆっくり貯めればいい、とか。学費の負担が大きいなら、俺も何割か負担する、とか」

「………」

美雨《みう》はなにか言いたげだが、うまく見つからない様子だった。口元は、迷子の言葉を探すように開閉を繰り返すだけ。

きっと俺に学費を負担してもらうこと自体が、美雨にとって許せないことなんだろう。

ふと思い出す。美雨がこの家に初めてやってきた日のことだ。

『いくら？　家賃っていうか、宿泊費』

『自分が使って出した洗濯物ぐらい、自分でやるから』

つまり彼女は、一方的な施しを是とできないんだ。

たとえそれが、親族が相手だったとしても。その親族に疎まれ、見放されてきたから。

きっと、美雨からも対価を要求できる形にできたほうがいいんだろう。

なら――、

「負担するんじゃなくて、投資ならどうだ？」

「……投資？」

「ああ。俺が学費を美雨に投資する。その分、投資を受けた美雨には、それなりのリターンをこっちに提供する必要があるんだけど」

幾ばくかの考える間が空いてから、美雨は口を開いた。

「リターン……なにをしたらいい？」

やっぱりだ。食いついてくれた。

本来なら、友人や家族間で金の貸し借りなんてトラブルの元。推奨はされない。

けど最初から、返ってこなくていい金だ。金という形で戻ってこなくて構わない。

俺の思うリターンを得られれば、それで十分。

「美雨が健康第一に勉強がんばって、ちゃんと児童福祉の仕事について、立派に仕事をこなす姿を俺に見せる。それが俺の求めるリターンだ」

驚いたように目を見開く美雨。

俺が投資するのは、美雨の未来に対してだ。ならそのリターンは、美雨の『こうありたい自分』という未来の姿でいい。

「俺も、美雨が福祉の仕事をがんばってるところ、見てみたいしな。それは紛れもない本心だし、最高に幸せな瞬間になるとも思ってる」

なんのひねりもない陳腐な台詞《せりふ》だと、自分でも思う。

だからこそ、きっと、美雨にはストレートに伝わるはず。

「……いいの？　そんなのがリターンで……」

「当たり前だ」

即答する。

「だって、家族が将来の夢を叶えた瞬間なんだぞ？　最高のリターンだろ」

呆気《あっけ》にとられたように、美雨《みう》はただ、俺を見つめるだけ。

でもさっきまでよりも、肩から力は抜けているように思う。

「……変なの」

そう、脱力したようにうつむいた。

「変、かな？」

「うん。夢叶えたとこがリターンって、すっごく変。変すぎて——」

俺の言葉に、そう返しながら持ち上げた顔は、

「——マジ、ウケる」


笑っていた。

ようやく、笑ってくれた。

十歳の少女のまま、時が止まっていたかのようにあどけなく。

ギャルだけど大人の、女性然とした美しさをもたたえていて。

まるで、くすんでいた彼女の世界が彩度を取り戻したかのように。

「……でも、学費はマジでだいじょぶ」

「美雨……いや、だから——」

「違くて」

食い気味に俺の言葉を遮る。

「もう無理はしない。シフトも調整する。それは約束。でも、学費はもうちょっと自分でなんとかしたい。ちゃんと支援のやつとか、もっかい調べたりしてさ」

美雨《みう》は、俺の目をまっすぐ見据えていた。

雨上がりのような、晴れ晴れとした瞳だった。

「それでも、どおおおぉぉしてもヤバいってときは、ちゃんとゆーから」

きっとこれまでは、ただただ余裕がなかったんだな。

緊張の解けた柔らかい印象を覚えた。

美雨のいまの言葉は、彼女なりに咀嚼《そしゃく》して納得して、その上で口にしてくれた約束なんだと。

そう、疑いの余地なんてなかった。

「だから代わりに——卒業するまで、ここ、居てもい？」

考えるまでもない。

「もちろん」

安堵《あんど》したように、美雨はまた笑う。

「ありがと……叔父《おじ》さん」

いままさに、ようやくここが、美雨の安らげる居場所《家》になったんだ。

そう思うと、俺も自然と笑みをこぼしていた。

●とある裏アカのつぶやき

——サヤ　@sayaya_lonely13　2分前
やっぱ大好きだ　叔父《おじ》さんのこと　昔もいまもずっと

エピローグ　晴れた朝に

美雨《みう》の体調不良の件があった、翌日。

なにやら違和感に鼻腔《びこう》をくすぐられて、俺は目を覚ました。

普段、自分が寝ている間に漂っていないはずの匂い……というか香りを疑問に思いながら、リビングの布団から体を起こす。

違和感の発生源はキッチンだった。フライパンの上で油が跳ねている音が聞こえている。

カウンター越しにチラリと見えたのは、金色に染まった髪。

「……美雨？」

寝起きのかすれ声で呼びかけると、その金髪がくるりと躍って、顔をこちらに覗《のぞ》かせた。

「おはよ。起こしちゃった？」

優しい声に首を振って、近くのスマホを開く。時間を確認する。

「どのみち、ちょうど起きる時間だった……」

ググッと伸びをする。リビングに布団敷いて寝るのにも慣れたとは言え、ベッドマットレスの上で寝るのに比べると体の節々の痛みが顕著だな。

やっぱり、美雨をこっちで寝かせるわけにはいかないなと思った。

それはそれとして。折りたたみの薄いマットレスぐらいは買おう……。俺も、自分の体を労《いたわ》らないと。

顔を洗いに洗面所へ向かう途中、キッチンの様子を窺《うかが》う。

二口コンロの片方では小鍋に湯が沸いていて、ウインナーが浮いていた。

もう片方では、フライパンの上に目玉焼き。

他にも、買い置きのバターロールが数個、口をぱっくり開けた状態で待機もしている。

なるほど、ここにボイルしたウインナーを挟もうってことか。朝食は小さなホットドッグに目玉焼きのようだ。

「見んなし。恥ずい」

「目に入っちゃったんだよ」

ジトッと俺を睨《にら》んでも困る。気になったんだから、そりゃあ見るだろって。

「わざわざ早起きして作ってくれたんだな」

「たまには、自分でも料理、がんばってみようかな的な？」

確かに、保護者のいる環境下で覚えておくのは、後々の役に立つだろう。

いずれひとり立ちしたい。そうなったとき、自炊スキルがあるなしで出費は大きく変わる。

美雨がその練習にとうちのキッチンを使うのなら、むしろ大歓迎だった。

「うまくいくかも美味《おい》しいかもわかんないけど」

「失敗したっていいよ。俺しか見てないんだから」

そもそも、美雨の作ろうとしている献立に失敗の要素なんてない気はする……んだが、余計なことは言わないよう飲み込む。

「そーゆー問題じゃないし。てかこっちはウチやるから。叔父《おじ》さんは顔洗ってくる」

「わかったわかった……」

グイッとキッチンから追い出されてしまった。

言われたとおり顔を洗い、歯を磨き終えてリビングに戻る。

ダイニングテーブルにはすでに朝食が並んでいた。

「こっち、叔父さんのね」

「おお、いい感じじゃん」

指さされたほうのホットドッグと目玉焼きは、盛り付けもキレイで美味《おい》しそうだった。

バターロールはほどよく香ばしい色にトーストされていて、ウインナーとレタスを挟みケチャップをかけてある状態は、色合いも華やかだった。

目玉焼きも、俺好みの半熟だった。潰《つぶ》れている気配もない。自炊慣れしていないわりには、本当によくできていると思った。

……のだが。

「美雨《みう》のほうは……ドンマイだな」

「ゆーなし。余計傷つく」

バターロールはもともと、トーストの加減が難しい。その初心者泣かせがもろに出たのか、香ばしいを通り越して黒く焦げていた。

目玉焼きのほうはというと、案の定、黄身が潰れている状態。

なるほど、よりよくできたほうを俺に供してくれたってことか。

「やっぱ、いきなり自炊とか激ムズって思った。段取りもよくわかんなくて、バタついちゃったし」

ため息をつきながら席に着く美雨。

「そんなバタついてる感じはなかったけどな」

「見せないようにしてただけ。……かっこ悪いじゃん」

まあ、気持ちはわかる。

右往左往してるところを包み隠さず見せるよりは、何でもないフリして格好つけたくなるのは、俺も昔は癖になっていたから。

そう考えると、存外、俺と美雨は似た者同士なんだな。

映し鏡……って程ではないかもしれない。けど美雨に自分を重ねて見ている程度には、そっくりな一面があるように感じてるってことなんだろう。

ふたりで「いただきます」と言って、さっそくホットドッグに口をつける。

表面はサクッとしていつつ、中はマーガリンによってふんわり、かつしっとり。バターロール本来の甘みに、ケチャップとウインナーの塩味がバランスよく口の中で広がった。

「うん、うまい」

思わず声を上げてしまった。本心からそう思っての言葉だった。

ウインナーもプリプリでいい。レタスもシャキシャキ。どちらの食感も、噛《か》んでいて気持ちがいいぐらいだ。

「マジ？　よかった」

美雨《みう》は安心したように微笑《ほほえ》み、自分の焦げてしまったホットドッグをかじる。

……が、せっかくの笑みが醜く歪《ゆが》む。

「……にっが」

「そんだけ焦げてりゃな。黒いのは表面だけだろうし、指で千切《ちぎ》って脇に置いといたら？」

「賢っ。そーする」

バリバリと音を立てながら、焦げている部分を剝がしていく美雨。ちなみにロールパンを焦がさずトーストするコツは、パンを逆さまにして焼くこと。あとで教えてあげよう。

改めて口に含むと、美雨は「まあまあうまい」と頷《うなず》いた。

「でも、こういうのをコツコツ繰り返していけば、自然と自炊はできるようになるよ。そのぐらいの失敗は俺だって死ぬほどしてきたし」

「ふーん」

「失敗してそうには見えない？」

「わかんない。だって、料理できない叔父《おじ》さんを知らないし、ウチ」

確かに。

俺たちはこの十年、本当にまともに会って話したことがない。

ゼロでこそないけれど、美雨が中学生の頃に、法事とか正月休みで少し話した程度の交流のみだった。

もちろん俺は、美雨のことを家族だと思っている。でもその一方で、俺たちはあまりにも、お互いを知らなすぎるのかもしれない。

知っていれば美雨の源泉にも、もっと早く気づけていたかもしれなかったわけだしな。

「じゃあこれからは、もっといろんな話をしようか、お互いにさ」

せっかく一つ屋根の下、本格的な同居が幕を開けるのだから。

「……気が向いたらねー」

はぐらかすようだったけど、その表情は満更でもなさそうで。

「なんだよ、それ。もう少しお互いに寄り添おうよ。コミュニケーション取ろうぜ？」

「コミュニケーションって。しかも取ろうぜ、だって。必死すぎて草」

「う……単にお互いのことをもっと知っていこうって言いたかっただけで……」

「ホント叔父さんって、空回んの好きだよね。ウケる」

「好きで空回ってるわけじゃない。笑わなくったっていいだろ？」

クスッと笑う美雨に悪態をつきつつ。

その柔らかい表情を引き出せたことが、俺はただただうれしくも感じていた。

手早く朝食をすませると、ちょうどいい時間にもなっていたので、俺は荷物を持って玄関に向かった。

美雨《みう》は、講義が二限からだというので、もう少しゆっくりしてから出ていくそうだ。

「昨日の今日だし？　もうちょっと体調は気をつけておく」

「そのほうがいい。体と相談しながら、無理しない範囲で、な」

そう、やんわりと釘《くぎ》は刺しつつ。自己管理に関しては、もう、美雨に任せようと思っていた。

その辺りの話は昨日たっぷりしたし、これ以上あれこれ口を出しても説教臭くなるだけ。

そんなの美雨だけじゃなくて俺もゴメンだ。

それに昨日の一件を経た美雨なら、もう危なっかしい無茶はすまい。……わからないけど。

「じゃあ、戸締まりだけよろしく」

「ん。りょーかい」

革靴に足を通し、軽くトントンと床を叩く。軽快な音が、朝の清々《すがすが》しさを増幅させる。

ドアノブを開けると、外はじんわりと汗の滲《にじ》む初夏の陽気だった。突き抜けるような青空が、共有部の廊下の先から覗《のぞ》く。

「あっつー……」

「マジそれなー。……でも、いい天気じゃん」

そういえば、美雨がうちに来たときは、雨の降る暗い夜だったっけ。

俺は、美雨の心に降っていただろう雨も、こんな空みたいに晴らしてあげられたのかな。

いまの俺にはわからない。最善は尽くしているとは思う。

けど——まだまだ、これからだろうな。

「叔父《おじ》さん」

ふと声をかけられて振り返る。

玄関先に立っている金髪ギャルは、どこか控えめで、けどはっきりそうだとわかる笑顔をたたえていた。

「いったっさい」

「いってきます」

さんさんと輝く太陽が、俺たちを温かく照らしていた。

●エピローグ　とある裏アカのつぶやき

――サヤ　@sayaya_lonely13　5分前
理由なんてない　ただ、生きてなきゃいけないだけ
あの日からずっと

――サヤ　@sayaya_lonely13　1分前
でも今日からは
もうちょっとだけ理由探し、がんばってみようかな的な?

あとがき

『雨のちギャル、ときどき恋。』をお手にとってくださり、ありがとうございます。

ライトノベル作家・シナリオライターの落合祐輔《おちあいゆうすけ》です。

初めましての方は、はじめまして。他レーベル作品などで僕を知ってくださっている方は、お久しぶりです。

さて、あとがきです。僕はいま、困っています。

いつもならちょっとふざけるところですが……。本著『雨のちギャル、ときどき恋。』1巻がしっとりと温かく着地した以上、余韻をぶち壊すようなことはしたくありません。

するとあら不思議。書くことが思いつきませんでした。ふざけた生き方ですみません。

なので、さっそく謝辞に移らせていただきますね。

担当編集のW様。一緒に作品を作りませんかとDMいただいた時のことをいまでも覚えてます。お声がけいただき、ありがとうございます。

また作品の内容に関しても、よりエモくなるよう、感動が伝わるようにと、根気強く改稿にお付き合いくださりありがとうございました。

イラスト担当のバラ様。作品の世界観やヒロインの美雨《みう》を素敵に、可愛《かわい》らしく、儚《はかな》げに仕上げてくださりありがとうございました。

美雨《みう》がダウナーギャルなので、僕の中で真っ先に候補に挙がったのがバラ様でした。こうして一緒にお仕事ができて光栄です。


そうそう。こちらの作品ですが、元々はYouTubeの漫画動画チャンネル『漫画エンジェルネコオカ』様向けに脚本を書き、漫画動画化していただいた物語です。それを原作・原案にしつつ、小説化にあたって最適な形になるよう大幅な加筆修正のアレンジを加えております。

まずは、本著原案となった漫画動画を制作・公開する機会をくださり、ありがとうございました。ネタ出しの段階から親身になって相談に乗ってくださったおかげで、本当に素敵な漫画動画作品に仕上げられたと思っています。

また書籍化にあたり、販促活動の一環としてのショート動画制作もありがとうございました。

そして、動画用の漫画担当でキャラクター原案の蜂蜜《はちみつ》ヒナ子様。ダウナーギャルの魅力を存分に描き起こしてくれました。本当にありがとうございます。


なんということでしょう。謝辞であとがきが埋まりました。すばらしいです。

最後は、ここまで読んでくださった読者のみなさまへも、最大限の感謝を。

またどこかで、何かの作品で、お会いできることを祈りつつ——落合祐輔《おちあいゆうすけ》でした。

再生数
80万回突破
大人気WEB漫画
ギャルになった姪と、
おじさんになった叔父の、
失ったを時間を取り戻す物語。
こちらからアクセス
原作
『親戚中たらい回しにされた大学生ギャル、叔父の家に転がり込む。』
脚本 落合祐輔
イラスト 蜂蜜ヒナ子
声優 椰凪
編集協力 Okiii
YouTube漫画サイト
『漫画エンジェルネコオカ』
にて1～3話が好評配信中！

GAGAGA

ガガガ文庫

雨のちギャル、ときどき恋。

落合祐輔

発行	2024年9月23日　初版第1刷発行
発行人	鳥光 裕
編集人	星野博規
編集	渡部 純
発行所	株式会社小学館 〒101-8001 東京都千代田区一ツ橋2-3-1 [編集]03-3230-9343 [販売]03-5281-3556
カバー印刷	株式会社美松堂
印刷・製本	TOPPANクロレ株式会社

Printed in Japan ISBN978-4-09-453209-8